KEY·可以文化

北杜夫作品

幽灵

一个关于童年和青春的故事

[日]北杜夫——著
曹艺——译

浙江文艺出版社
Zhejiang Literature & Art Publishing House

目　录

第一章

人为何讲述回忆?

正如每个民族都有神话，每个人的心中也有神话。这份心中的神话逐渐淡去，不久便在时间的深处隐没形姿。然而，人总在不知不觉间，反刍着朦胧的昔时潜入心房、在那里悄然留下划痕的些许往事，年复一年皆如此，直至生命终结。这反刍常在无意识中进行，有时却也会被反刍者发觉，就像悠闲啃食桑叶的蚕，觉察咀嚼时的微响，不安地抬起头来看看。此时此刻的蚕，是什么心情呢?

母亲在国外度过她的少女时代。我不知道她怎么跟父亲走到了一起。

她的房间里有一面很大的镜子，如纸隔扇门一般大。玻璃表面澄明透净，雕花的木镜框色泽昏沉，和日式的房间很不协调。由于没有地方可以镶嵌它，便把它靠在一面墙上。大镜子冷冰冰地板着脸，细细审度室内陈设。

母亲想必是想讨好镜子吧，她尽己所能，将房间精心装饰成西洋风格。地板上铺了浅灰色的地毯，以遮蔽日式的榻榻米。衣柜和床的陈设恰到好处。在年幼的我眼中，童话世界般的华丽色彩充盈整个房间。色彩斑斓的衣裳随意搁置在椅子上，它们或柔软，或厚实，有的袖子上带褶子。一面墙上覆着哥白林挂毯，别处也铺盖着许多布艺制品，以此遮掩粗陋和陈腐的东西。

年幼的我钟爱那个房间，一方面是出于单纯的好奇心，更多是出于一种对异类事物的向往和对新奇事物的眷恋。就说那张敦实的红木梳妆台吧，它包藏着诱惑我稚嫩心灵的复杂阴影。抽屉中的梳子、发卡、指甲油都让我惊叹，乃至忘却自身的存在，就像少年时代的我在森林中发现的珍奇昆虫或者蘑菇。台面上，化妆水、香水的小瓶子很是新奇，散发出甜腻的香气，闻一闻，我浑身酥痒，不禁缩起身体。特别是那个雕花玻璃的香水喷壶，有一个可爱的橡胶球，如果可以的话，我也想拥有一个。我双手捧住香水喷壶，久久注视它那致密锐利的光泽，时常忘了时间的流逝。然而有时，我会突然意识到一旁大镜子那冷峻的表情，它凝视着我的一举一动。我不由得打了一个激灵，直想逃跑。不过，胆怯很快消散，我甚至怯生生地期待着：那面镜子里，会不会显现出别人的面容和身影呢？

不知为什么，我对各种形状很感兴趣，因此我常常蹲下，研究地毯上白色的花纹。有的是枝叶的形状，有的是人的各种体态，稍稍离得远一些，只见枝叶和人形拼凑到一起，构成一张人脸，像是挂毯上斯芬克斯的面容。忽然间，视线错乱了，人脸消失了，空留一堆混乱而无趣的花纹。我跟地毯玩对眼游戏，一玩就是好久，试图掌握它那变化万端的表情——那张脸最终变得暧昧模糊，我每每都会感到失望，觉得自己又上当受骗了。

“那张脸是什么呀？”

我只向母亲发问过一次。本想随口问问的，不料气息竟急匆匆地冲出我的嗓门，就像是突发咳嗽一样。

“脸？在哪呢？这是鸟儿吧？这是树叶。没有脸呀。”

经母亲这么一说，“脸”果然不见了，就连先前我认定是人形的纹样，如今看上去，也有了鸟的形状。我只觉得母亲施了魔法。抬眼看，母亲微笑着，她的额际很白，给我的感觉很陌生。我低下脑袋，抚摸地毯，感觉像是摸着动物的毛。

父亲似乎是那种叫“学者”的人。我一直是这么认为的，直到我初谙世事。

现在想想，父亲是一位优秀的业余艺术家，生来便洞悉了“创造”的尊严和卑劣，而对另一个凡庸的、浅显的世界的憧憬，使得他没有深入两者当中的任何一方。他冷静地沉醉着，留给后世的，只有几册游记和随笔，以及一本青色封面的诗集。书上介绍他是美术评论家和随笔作家，有的还给他添了“旅行家”的名号。

我幼年时，父亲的头发就发了白，只有在写作的时候，才戴上一副无框的四方眼镜。父亲老是忘记眼镜放在哪里。每当他寻找眼镜，家中便乱作一团，母亲、女佣、阿婆都被动员起来，挨个房间寻找。在我看来，她们匆匆忙忙地东奔西走，并不是为了找眼镜，而仅仅是为了跑动而跑动。我随她们一道跑来跑去，但中途常常被墙壁上的污迹，或是院中树木投在檐廊地板上的影子吸引住，忘了自己正在找东西……不久，眼镜找到了。它或在碗橱上，或在坐垫边，有时竟在厕房里。父亲“嗨呀”一声叹，接过眼镜，十分不悦。大家的脸上现出各异的笑容，尤其是阿婆，她竭力屏住闯到嘴边的笑，结果噎着了，呛个不停。

父亲几乎不说话，偶尔发声时总令我惊慌，仿佛第一次听到他的声音。他常把一只手捂在嘴边，摆出忍住咳嗽的姿势，却总也咳不出来。我能隐约回忆起他的举止体态，但怎么也想不起他的面容。我有一张他年轻时的照片，我试着将照片上那张年轻的脸与我记忆中暧昧不清的父亲形象相叠，感觉总归是不搭配。倒是对他周身的静谧，我记忆犹新。确切地说，那种静谧带着忧郁和颓废，和隐者或者科学家身上的安静截然不同。或许，安详离世的病人周身荡漾的，就是这种气氛吧。

且说父亲在查阅资料和写作时，展现出一种摄人心魄的执着。或蛰居起居室，饭也不吃，或委身书库，翻阅几十本书，取来一册，翻开，又取一册，再翻开……他的举动，与其说是勤奋，倒像是着了魔，身不由己。我至今认为，他的所作所为并非出于本心。

父亲的工作室是个小小的日式房间。窗边搁着一张矮桌，父亲趴在上头，把一个个蜷成小圆团的文字仔仔细细地填进稿纸的方格内。他用毛笔写字，蘸墨后倾斜笔尖，控去一些墨汁。他的周围，摊开的书本散落一地，有时我觉得书才是这儿的主人。

该有多少书呀。家里简直被书淹没了，这样的形容一点也不过分。父亲生性喜爱收集一切种类的书籍，就连客厅的壁龛都摆上了书架。正儿八经的专业书籍里，也掺杂着个别他人赠予的儿童读物和妇女读物。特别是起居室隔壁，那儿是书籍飞扬跋扈的世界。二十来平方米的房间，天花板高高的，当中书架紧密排列，俨然是图书馆的书库，人只有侧身才能勉强通过。书贪婪地索取空间，地板上也堆了许多，它们形成一个庞大的集体，自负演化为傲慢。书的品类、内容等，在这里已经无关紧要，它们统一佩戴“书籍”这个面具，缄口不言，不希望被人阅读。即使没人来赏光，它们也定然不会介意，只是倨傲地、顽固地端坐着，一味地堆积，蒙尘。

与母亲的房间迥然不同的魅力，把我吸引到这里来。走上楼梯，右手边是母亲的房间，往左经过一小段走廊，眼前就是书库的门了。门把手打滑空转，很少只转一次就能把门打开的，但有时，我没有转动它，门却自己悄悄地打开了。我尽量轻手轻脚，地板还是发出了吱吱呀呀的声响，仿佛是它受了惊吓。这时，我感觉全体藏书都竖起了耳朵——“是什么人进来了？”纷纷投来狐疑的目光。身边的书架上，一本厚厚的辞典正窥视我，我赶紧朝它看去，辞典马上收回了视线，若无其事。尴尬的几秒钟很快过去，书籍们厌弃了我，不再戒备。我徜徉于书架之间，时而站住，在积尘上留下淡淡的指痕。一本本书，在我看来也是一张张脸，红的、绿的、全皮革包装的、粗订的，各异的装帧和书脊文字造就了它们的表情。这些表情和地毯上的表情一样，一旦注视它，便消失了。

我还想再写一个房间。那是玄关旁的会客室，装潢十分考究，堪称优美，甚至有几分邪恶。淡粉色的墙壁，厚实的双层窗帘，俨然是童话中的魔法宫殿，矫揉造作，很不自然。入夜熄灯，房间便被纯粹的黑暗所占据，厚窗帘阻挡了哪怕是一丝星光的渗透，黑暗之浓重，带来无边的恐怖。

如果室内灯火通明，必定是母亲呼朋唤友了。这时候，母亲的形姿像极了外国人，甚至比我偶尔见到的外国人更具异国风情，彼处聊上三言两语，此处发出爽朗脆笑，在座席间走动，但不失半点优雅。望着母亲的身姿，我的心里一半是满足，一半是感叹。我偷偷地把手伸进大人喝空了的玻璃酒杯，去捡拾杯底的一颗红樱桃。母亲眼尖，控住我捏着樱桃的手，拍了拍我的脑袋，是一种半开玩笑的警告。周围的人都笑了，上了年纪的外国人特地站起身，用日语说些讨我欢心的话，说了些什么，我没听明白，倒是羞耻心使我猛然畏缩起来：自己来错了地方，这才落到这般田地。我浑身不自在，想当场消失——如果我能做到的话。

可我还是坐在那儿。明知自己是个局外人，我还是坐在角落的椅子上，听着客人的谈笑声和推杯换盏声，陶然自乐。从古雅的留声机中流淌出的，是慵懒甘美的旋律，我听得入迷。母亲每每更换唱片，必然响起那熟悉的音乐，听上去却像是来自另一个世界的呼唤。我倾听那远处传来的笛声，眼前隔膜的情景——厚实的窗帘、架子上的那些木雕玩偶，一下子变得很亲切，融入我心。然而，这个令我沉溺的错觉只持续了一瞬，便倏然消逝。我别别扭扭地动了动僵硬的身体，窥探着周围于己无关的谈笑风生。

所以，我羡慕姐姐。年长我两岁的姐姐才像是母亲的孩子，能够全身心地融入当下的气氛。不管是被来客抱在膝头，还是像我一样孤零零地坐在墙角，很显然，她属于一个我无法企及的世界，构筑其身体、灵魂的原材料似乎也和我的不同。大人们时常把桌子移到一旁，腾出地方来跳舞，姐姐很快就是其中的一员了。客人也乐于当她的舞伴，尽管她的舞步仿佛蹒跚学步的婴孩。

与姐姐同岁的堂兄来我家玩，两人经常模仿大人跳舞。堂兄擅长表演，他轻扶姐姐的手，屈腰致意。跳完一段，他昂起头，放声大笑起来，姐姐也歪着脑袋哧哧地笑，一旁观看的我也被他们带着傻笑起来了。我总是看客。虽然很想跟他俩一起跳舞，想得心都痛了，我却一贯摇头拒绝他们的邀请。或许是我把自己给判死了，认定自己是万不能熟稔这行当的。

倘若堂兄留宿，我们三个孩子一定会在会客厅玩起集“捉迷藏”与“鬼抓人”于一身的自创游戏。“魔法宫殿”被黑暗彻底占领，即便是眼前站着人，都无法觉察，再者三人都怕黑，说是游戏，实际上是一段专心致志的时光，紧张至极。

我圆睁双目，眼前是均质的致密的黑暗。它肆无忌惮地灌进我的眼睛，令我的全身变成和黑暗一样的东西，分不清两者的边界了。我在椅背后蹲下，时不时不安地触碰自己的手脚。片刻，我感觉扮鬼的孩子缓缓地向我挨过来，间或有悉索轻响，人的气息通过黑暗传来，我便往后挪了几步，有时会意外地碰上别人……我成功脱身，把身体平摊在墙上，这样就不容易被抓住了。且说在黑暗当中，一只手倏然轻轻掠过我的脸颊时，抑或扮鬼的是我，往前探出的手触及他人颈项时的那种感触，如今实在是难以言表。一瞬间，皮肤变得极薄，全部触觉集中在体表，微量的触碰便令全身震颤。那定然不是简单的逮人与被逮，银白色鳞粉所赋予我的感动，或许与之相近（关于鳞粉，下面会提到），人初识燃烧似火的异性肌体时的感受，也与之有相通之处吧。

我和堂兄被对方逮住了，点亮灯，姐姐便从藏身之处探出脑袋，总是说一句：“哎呀——好可怕。”如果被逮住的是她，她则轻轻地尖叫一声。姐姐扮鬼的时候，常常弄出些动静，或者笑出声来，怎么也抓不着人，结果只好换人扮鬼。和姐姐正好相反，一旦由堂兄来扮鬼，游戏就变得异常惊心动魄。他不发出哪怕是一丁点声响，仿佛就连呼吸都停止了。黑暗中，他屏息凝神，探查躲藏者的动静，步步逼近。我经受不住这种恐惧，一屁股瘫坐在沙发后面，产生一种身体即将融入黑暗的错觉。

黑暗是沉重的，是运动的。这黑暗与白天的空气不同，有的时候，我甚至觉得它是一种有生命的物质。它或紧紧贴着我的耳朵，或沿着我的胳膊徐徐爬下，痒酥酥的。

* * *

人们总以为，童年是极为单纯天真的。这无非是我们无法逃避的“忘却”的作用。然而，人们真正思考过忘却的意义么？出于某种因缘，人忘却了那些情愫，不是吗？

这个故事由忘却而生，大量奇妙的“发掘”造就了它。且说追忆，归根结底可以用梦境和醒后的回忆之间的关系来比喻。稚童双眼第一次看到外界事象，肌肤第一次感受陌生的大气——世上真的存在能够尽述他此刻感受的文字吗？

……眼前是一片闪亮的露水，所以大概是黎明时分吧。女佣领着我，走在户外空地的杂草丛中。所有的草都异常高大，手脚轻触之，滴落的露珠竟有酸浆果一般大。雾霭迷蒙，空中的光虚幻如梦。无边无际的绿草丛湿漉漉的，散发着特有的香气。我呼吸着湿润的空气，心生难以名状的快感，半是消颓，半是清爽。这或许是一种不可思议的肉欲吧，新鲜而纯真。杂草的茎和叶片上挂有沾着露水的蜘蛛网，宛如白色的小帐篷，还有的沾染了沫蝉那如同人唾沫一般的分泌物。就在这时，我猛然发现身边一片锯齿形的叶子上有虫蠢蠢蠕动（怪模怪样的，简直不像是虫）——这一切是多么新奇！我捉这只逮那只，丢进女佣拿着的咖啡色半透明的玻璃瓶里。尤其在我用手指戳白沫的那一刻，其中竟然爬出了带有黑红双色条纹的小虫，心中喜悦无法形容：我找到草的精灵了！那时的我已经知晓草木中有精灵藏身，忘了是谁告诉我的。我不时回头，看看女佣手中满载奇珍异宝的玻璃瓶。

回到家，我把玻璃瓶平放在玄关的石板地上。这时我失望透了：细腿的草蜘蛛和螳螂的幼虫鱼贯爬出狭小的瓶口，拖着受伤的腿爬来爬去。此时的它们，与生活在水汽充盈的草地上的时候相比，根本是两般模样。当时的新鲜、娇艳、生机勃勃，如今荡然无存。一只灰色的蜘蛛东倒西歪地爬到我的脚边时，我慌忙后退，不小心踢翻了虫瓶。这时，草的精灵——身披红色条纹的沫蝉幼虫爬出瓶口，它的明艳驱散了我心中的不快。对色彩的兴趣，从此在我的心里萌了芽。

然而不久后，我对这片离家百来米远的空地已经是了如指掌。折断后便渗出黄色汁液的草茎、关节一般曲曲折折的树茎、毛烘烘的叶片、长着蜇人利刺的叶片……我全都能分辨。草丛无非是野草丛生之处罢了，早先总觉得当中有未知之物窥视着我，这种感觉渐渐消失，那些虫子的情状，也在我的心目中逐渐僵化了。

空地的一隅，有个砖砌建筑的废墟，只剩残垣断壁。处处可见半截埋在土中的红砖块，灰白色的建筑石材堆在一处。姐姐和我由女佣领着，常常在这里玩“过家家”。将石块相互刮擦，蹭出一些细细的粉末，盛在草叶上，说声“请慢用”，进献给对方。调配红色砖粉和灰白色石粉很不容易，有时还掺一些黑土和红土，而我每次都掺了过多的红砖粉。显然，我爱红色。

这片空地上的红色，最让人心醉的当属夏末的红蜻蜓。秋色渐浓，它们腹部的颜色转为大红，扑扇着亮晶晶的翅膀飞来飞去，或一溜停在空地与墓地交界处的铁丝网上。比我年长许多的孩子们，手持竹竿和网兜追逐蜻蜓。我捏住女佣的手望着他们，紧张得屏住呼吸，心中默念道：蜻蜓啊，可千万别被逮住了。这或许是一种嫉妒的心态。因为那时我还小，又笨手笨脚的，逮不住蜻蜓。

空地的尽头，是一大片静悄悄的墓地。站在这里眺望，隔着山谷，依稀可见远方的部队营地——一直到那儿，中间全是成片的坟墓，被阴森森的树海所覆盖。这是一个妖怪跋扈的世界，有两人才能合抱的粗大楠树，树皮上生长着骨碎补，还有让人心里发毛的灌木丛。有的墓碑被苔藓所污，有的铁栅锈成了深灰色。经过修剪的树篱和常绿树吐纳着潮湿、沉滞、略带苦味的空气。砂石小路和黑土小路交错其间，织成迷宫。

靠近空地的墓地乏人修葺，朽坏的栅栏坍倒在地。木屐在柔软的黑土小路上留下齿痕，不时能看见鼹鼠的土堆。坟墓大多破败难看，也有的格外明亮鲜丽，或者肃穆阴沉。还有的坟墓，不似两者，毫无吸引人眼球之处，倒也小巧精致，我未曾谋面的哥哥和姐姐长眠于此。

“这是你哥哥。”阿婆每次带领我们走过，必定手指一处墓碑，说同样的话。

“这是田鹤子姐姐。”我必定手指另一块墓碑，咕哝同样一句话。我总觉得说这句话是自己应尽的义务。

我无法理解，除了和我一起生活的姐姐，竟然还有两位不存在于我意识当中的哥哥和姐姐。接下来，我便望着生长在潮湿地面上的地钱，看它们拼凑成地图的形状，或者抚摩着墓碑一旁树木光滑的树干，一脸漠然。

“他俩身体都不好呢……”阿婆自言自语，又像是说给我听的，“少爷您可得平安长大呀。”

说着，阿婆的目光落在我身上，令我难为情起来。倘若姐姐在场，她必定识趣地点头称是。我不明白“死”是什么，更无法想象自己死后会化为石碑，表情更加漠然了。

然而有一天，我仿佛目睹了死亡。那时我站在篱笆旁，阿婆蹲在坟头的一侧拔除杂草。大概是黄昏时分，周围荡漾着黯淡朦胧的光，我百无聊赖，抬头看一旁的树木——只见一缕像雾气的东西顺着树干哧溜哧溜窜上树梢，消失了。是雾气，还是眼睛的错觉？说不准。总之它给我一种茫然的对于“死”的感知。我眨眨眼，想告诉阿婆我的心事。阿婆背朝我，弯腰躬身劳作着，她的背影在我眼中，竟也迷蒙飘忽起来。我把它归结为“死”在捣乱。不知怎的，我很疲倦，最终没开口说话。“死”给我留下一丝恐惧和几许好奇之后便走开了。

之后过了很久，我和前面提到的堂兄一道，在墓地中漫无目的地闲逛。大个子堂兄总是在我面前装大人，时不时嘲笑我说话的腔调（因为我总是和姐姐在一起玩耍，沾染了女孩说话的腔调）。这一次，我一心想在这片熟悉的墓地当中显示自己的优越，快步走在前头。

“这是洋人的坟。”

我指着一座圆圆的、用水泥砌成的墓说。一旦遇到大的坟墓，已经上了小学的堂兄就会板起脸来，煞有介事地读起石碑上的铭文。殊不知那时我也认识了不少字，有时能识破他在糊弄我。没有人教我认字，我记住它们只是出于一种对于形状的兴趣。这时堂兄便会拉着我去赛跑，或者跳起来揪树叶，而在这方面，我是极其低能的。

时近黄昏，准备回家时，我忽然想起一件重要的事情，急忙说：

“带你去看看哥哥他们的坟吧。”

这时我环顾四周，发觉自己身处从未涉足的陌生境地。每座坟、每条小径都是眼生的。挂着晚霞的天空开始褪去颜色，眼前的树木枝形畸曲，仿佛恶魔蹲守于斯。那棵树的周围，一群墓碑挤挤挨挨，冷漠的面孔齐齐朝向我，冷眼看着我，挡住我的去路。堂兄大概是看见我那因为束手无策而扭曲的表情，拉了我的手说，哥哥的坟改天再看，今天还是早点回家吧。

我彻底蔫了，被堂兄牵着手走，恰似蹒跚学步的婴儿。我所能依赖的，只有堂兄的手，我甚至觉得，倘若握得太紧，以至于心思被堂兄识破，他便会戏弄我，甩开我的手跑掉。所以，我尽量轻轻地握。自己的身体任由他人摆布，心情越发窝囊，完全失去了凭一己之力寻找熟识坟墓的心气，甚至连眼下去往何处都搞不清了。树篱、坟墓、铁栅栏、灌木，掠过我身旁，恍惚如幻影。深邃的迷宫没有尽头……忽然，堂兄开了腔：

“你看，前面就是空地了。”

我长出一口气，轻畅的感觉让我差点笑出声来。周遭的风景是我所熟知的，家族的坟墓就在这附近无疑。

“那就去看看哥哥的坟呗。”我撒起欢来，拽住堂兄的手。为了弥补方才那一段露怯，我表现得欢快无比。

“就在那儿拐个弯呗。”我模仿堂兄说话的口吻，“就在那棵树后头……”

“你说什么？哪棵树？”他有些不满，打断我的话。

“那边的树，那后面有哥哥的坟呢。”

一不留神，我那堂兄所鄙夷的“娘娘腔”跑出来了。我一惊，一个人跑到前头去了。原本以为直行便可到达，不料竟有树篱阻挡了去路。“一定要到那边去！”我心急火燎，暗自下了决心，也不绕过树篱了，而是由着性子胡乱攀爬，结果短裤裤腿被椽头勾搭住，一个跟头栽倒在另一侧。我还是不顾一切地站起身跑起来，穿过以篱笆为界的两座坟墓——我多么想快点寻到那座熟悉的小墓啊。

“喂——”

堂兄呼唤我的声音从大老远传过来，就像地底的虫鸣一般微弱。我一惊，回头望去，身体则保持单膝跪地钻木栅栏的姿势。

高高的墓碑压迫在我的头顶，两旁林立的塔形木牌完全切断了我的视线。我仿佛被幽禁在世界角落的一间密室里，一股莫名的麻痹感涌出，铺陈蔓延，转眼间就将我紧紧裹住，身体就像被消灭了似的，魂儿也飞了。

不一会，我缓缓地挪动了手脚，钻过木栅，在墓碑的阵列间穿行，精神有些恍惚——缓过神来时，自己已经站在“那座坟”前了，熟悉的墓碑旁是光滑的灰色树干。

“喂——”

右手边传来人声，是堂兄绕道过来了。我五六步跑到他跟前。

“傻瓜！”

他来到我跟前，喘着粗气，嗓音发哑，显然很生气。我赶紧说：

“哥哥的坟，我找到了。”

“找到了又怎样，没劲。”他嘴上这么说，却也尾随而来。

“就这儿呗。”我伸手一指，随后瞥了坟墓一眼——那根本不是家族的坟。我狼狈地跑到相邻的坟墓看了看，不是，再看隔壁的，也不是，尽是眼生的东西。我站住，扭动已经发了僵的脖子，环顾四周，只见从树丛当中，从坟墓当中，“夜”抬起头，挨着地面朝我爬来。我抬头望稍远处堂兄的脸，向他求救。然而他的脸已经模糊了，看不清表情，只闻异常低沉的人声：

“真的是这儿吗？”

我点头，停顿片刻，“嗯”地应了一声。

“刚才真的找到了吗？”“嗯！”

我没等他话尾的余音消逝，便赶紧接了他的话，后悔不迭——自己应答得太快了，非常不妥。我想起了“死”。堂兄大概是迈开步子走起来了，他的木屐和脚下的小石子碰擦，发出微响……

* * *

在这里，我必须讲述那不可思议的、充满幻惑的鳞粉光彩。

……那时，我们一家在一处山中温泉疗养，去观赏附近的瀑布。我的身旁是父亲。我只记得他穿一身深灰色服装，背脊微弓，背影依稀。母亲也在场，她身穿西式女服，至于衣服的颜色，我记不起来了。我和姐姐站在一处，听向导向父母介绍瀑布的传说。姐姐害怕水流坠落的声响，一只手紧紧抓住我的手。瀑潭溅起细密的飞沫，如白霞升腾，冰冷的小水珠乘风飞舞，造访我们驻足之处。脚下的岩石隆隆作响，周遭的植物被水淋透，细小的叶片微颤。在我眼中，这濡湿的绿好像融化了，流进白蒙蒙的瀑潭里。

向导的声音很奇特，沙哑却通透，在瀑布的轰鸣声中穿梭，不间断地传入耳鼓。我对向导的话产生了兴趣，侧耳倾听。他的声音仿佛发自冷风，也像是从微颤的蕨叶下、脚下湿滑的岩石中冒出来的；而我每次看向导的嘴，见它的确张合不止。从瀑潭袭来的冷气，将我的颈项和胳膊拂得凉凉的，我轻轻松开姐姐的手，她似乎没留意我的动作，一会儿看看向导，一会儿抬头望母亲的脸，一脸严肃地站着。

我行走在滑溜的岩石上，走到不远处的茶屋后面，看见山涧两边的坡上种植着成片的山葵。我当然不知道生长于斯的植物的名称，但也扶住拉了铁丝网的栅栏往下看去。瀑潭的寒气到不了这儿。

过了一阵，我抬头仰望。我的身后有一棵高大的树，枝叶正好盖在我的头顶，我被从枝叶间泄下的斑驳阳光吸引，保持仰头的姿势，宛如一个受了天启的人。这话从何说起？且看，从幽暗的繁枝茂叶间，一个小小的、闪闪的、灿灿的东西，飘然而下，进入我的视野。一时间，我没看清这是什么，只感到背上一阵酥麻，比瀑潭的飞沫更冰冷的寒意贯彻全身。这种感觉并非恐惧，也非喜悦，而是极度强烈的幻惑。

我的身体僵住了，凝视这银白色的飘舞之物——原来是一只小蝴蝶。验明正身后，神秘感不复存在，而幻惑依然留存。它近在咫尺，翩翩飞舞，令我恍惚。它的翅膀扑扇得太快了，只在我眼中留下闪烁来回的银白色光影。蝴蝶似乎有意在我的胳膊上歇脚，我便保持住左手微微前探的姿势，心中默祷，恳请蝴蝶赏光。瞧！蝴蝶落在我上臂内侧，收拢了翅膀。它将银白色的尖翅稳稳相叠，步步爬行，同时探出了细细的吻。痒酥酥的感触给予我莫大的感动。我竭尽全力，才勉强控制住身体的颤抖，小心翼翼地探出右手，猛地覆在那双闪亮的翅膀上——这种行为不仅仅是儿童占有欲的表现，确切地说，我必须这么做，否则就会喘不过气，就会憋得难受。指尖传来蝴蝶翅膀啪嗒啪嗒的无力抵抗，表明我现在还不能宣布成功逮捕了它。我用力过猛，以至于蝴蝶濒死，在我的掌心，它微微张开四片翅膀，像做最后的挣扎。翅膀的表面是红色的，那是一种黯淡却有光泽的暗红色，边缘带些黑——这蝴蝶方才飞行时，乃至后来落在我胳膊上，都没有显露出一丝一毫的红。好神奇。此时此刻我的心情，与看到母亲在地毯的花纹上施魔法时的心情如出一辙。

我直愣愣地盯着掌心的蝴蝶。它的翅底的确是银白色的，而且我的手指上已经蹭了一些蝶翅的鳞粉，熠熠生辉。我一定是愣住了，不经意间手掌动了动，也可能是山风拂过吧，蝴蝶掉了下去，越过铁丝网，翻飞着落到栽培山葵的山谷中去了。我慌忙躬身往下看，为时已晚，满眼的叶绿瞬间吞没了耀目的鳞粉光辉。我呆呆地往下看了一阵，又看了看自己的手指，蝴蝶留给我的银白色鳞粉太晃眼了，以至于我不安起来，用脚下的杂草叶子拭去了——尽管心中不住地惋惜。

我们住的旅馆就在溪流边。晚饭后，外面暗了下来，水声更响了。房内设有小廊台，我手扶栏杆向外望，透过树木间隙，看见了远处的灯火。它明明灭灭，仿佛应和着山涧的水声。我又出神了。身后传来母亲的声音：

“还记得吗？跟妈妈说说。”

母亲坐在藤椅上，让姐姐复述白天听到的瀑潭传说。

“那个……刚开始……”姐姐害了羞，站在母亲身旁，扭捏着身子。

“樵夫……”母亲助姐姐一臂之力。

“有个樵夫，被蜘蛛的丝缠住了脚。那个……蜘蛛……那蜘蛛叫什么来着？”

“女郎蜘蛛呀。”

“那个蜘蛛住在瀑布下面……”

姐姐在母亲的帮助下，眼睛朝上瞪得溜圆，晃动着手，以一种没有起伏的腔调讲故事。我的记忆之门也因此开启，耳畔响起了向导白天说的话。那特别的话语声已经渗入我的身体深处，如今和姐姐的话一道，一点一点地浮上意识的表面。要不然，比姐姐年幼的我哪里能够记住传说的梗概呢？……樵夫留下遗言，告诫儿子万万不可靠近瀑潭。樵夫之子长大成人，一天失手把斧头掉进瀑潭，他犯禁潜水，见到了水底洞穴前织布的女妖精，也就是瀑潭的主人……不久，人们在山涧的下游发现了他的尸体和斧子。

“那个蜘蛛精漂亮吗？”姐姐说。

“很漂亮呀。”母亲回答。

我恣意想象着蜘蛛精的样子。

过了一会，地上铺好了床，吊起了蚊帐。家里的蚊帐是青色的，这儿的白色蚊帐显得别具风情，令我和姐姐嬉闹了一阵。不一会，姐姐便抱住枕头，躺倒睡着了，鼻息轻轻柔柔——姐姐总是这样的，妈妈也是。父亲则点亮台灯，躺着看起书来。我睡不着，呆呆地望着低垂的白蚊帐，感觉自己被孤立了。时不时有贪恋灯光的有翅虫类从临涧的窗户飞进来，大多是飞蛾之类，停在蚊帐外侧，扑扇着翅膀。我从蚊帐内观察，难以判断其形貌色泽。我很快怀念起白天所见的银白色鳞粉的光辉。“那只蝴蝶来该多好啊。”我一边想，一边看了看切实把握过那片神秘色彩的指尖，依稀有了睡意。

半梦半醒间，我看见了瀑潭的幻影。那是一个混沌微明的场所，摇摆飘忽。不出所料，女妖精盘踞此地，一袭耀眼辉煌的银白色装束，美丽的面容与母亲有几分相似，可她是妖，自然有些可怖……幻影离我远去，形象渐渐缩小，又像是姐姐的脸了。

夜深了。我和往常一样，要醒来几次。每次醒来，都看见父亲的台灯还亮着，迷迷糊糊的我甚至听见了翻书页的声响。朦胧的视野中，低垂的白蚊帐上泛起波纹，恰似水底的景色，令我稍稍满足。蚊帐外面，依旧有几只蛾子在歇脚，那只银白色的蝴蝶终究没有现身。

且说当时留在我心中的父亲的模糊印象，是我关于他的最后的记忆。日本东北某个偏僻的小城（曾经是繁荣的码头集镇），成了他的离世之处。据父亲的弟子所纂小传记载，取了父亲性命的是痼疾心绞痛。父亲尝尽了痛苦，与爱在心底的世界告了别。

家中忙乱了一阵。住宅的昏暗、幽静和阴湿，更是反衬出喧嚣的气氛。很快，家中又沉寂了，台阶、走廊、书架、墙角的故尘，都安静到无以复加的地步。

我独自伫立在书的群落里。几缕微弱的阳光从窗户照进来，地板上堆着的书的皮质封面反射出黯淡的光泽，蒙尘上浮现出指痕。无数的书，一如既往地沉默着，我立在当中，凝神观察——说不定能发现“死”的影子呢？那种东西，我是不可能看见它的。我抽了抽鼻子，某种气味——不如说是臭味——钻进我的鼻孔，唤醒了记忆。它非常清晰，绝非空地上杂草散发的气味可比。毫无疑问，这种气味来自陈旧的房间、无数的书、尘埃和霉斑，也可以说，这是父亲的气味。父亲有着特殊的体味，走近他的书桌旁便可察觉，但在我的记忆里，他的体味与藏书的气味浑然一体，无法区分。

总之，我感受到了父亲的气味。那一瞬，不可言说的眷恋和安宁从我体内涌出。我知道，“死”将旅途中的父亲藏起来了。父亲没有了，不存在于任何地方，而我的周身却飘荡着他的气味，小小的我，站在他以前待过的地方。意味深长的错觉占领了我，令我陶醉——我确信此时此刻的自己，与父亲一心同体。

我生平第一次拿起一册一直疏远的书籍。那是精装本的硕大画册。带照片插图的纸张因为潮气而黏在一起，每翻一页都会发出轻微的噼嚓声。方才的气味，又从故渍斑斑的厚实纸页中散发出来。我无意识地模仿着父亲的姿势：微微驼着背，脖子稍稍左倾，匆匆忙忙地翻书，动作生硬而鲁莽。我从画册中领略到中世纪的人物百态和阴郁的风景，费劲地从混乱复杂的战场图景当中分辨出人和马——正如从母亲房中的地毯上分辨出形状，我一时间乐此不疲。片刻，我合上画册，抬头望被煤烟熏黑的天花板，心想：自己长大了便会领受这间书房，而姐姐会领受妈妈的房间吧。此刻的心境，是沉静安定的。

但母亲房间的魅力，对我来说没有减小分毫，反而更甚于以前了。只不过那时起，大镜子和我的气质间有了龃龉。这面镜子，是用来映照红木梳妆台、母亲的华美服装、母亲本人以及姐姐可爱身姿的工具。偶尔闯入房间的不速之客若在镜子上留下身影，便会遭遇它的警告——你是个和这间房格格不入的人。

有一天，我不经意间走进房间，视线立即被镜子当中陌生的身形牵扯住，不禁驻足。那是我母亲，上半身近乎赤裸。她没有在自己的孩子面前袒露过身体，至少我没有印象。我是喝牛奶长大的，几乎不知道乳房为何物，阿婆干瘪的乳房我是触摸过的，很无趣。镜子里，母亲的上半身白得有些不真实，柔美的曲线和隆起赏心悦目，丰饶的褐色头发，慵懒地匍匐在肩头。

我习惯性地在心中铭刻下这一幕，一如邂逅珍奇的植物和昆虫。

*　*　*

自从父亲离世，母亲不着家也成了常态。我和姐姐两人故意调皮捣蛋，为的是掩藏心中的失落。有时我打开客厅的壁橱，取出洋酒瓶，玩起主人招待客人的游戏。我模仿堂兄，尽量表现得活泼。我把琥珀色的液体倒进玻璃杯，用老练的腔调向姐姐敬酒："请喝酒。"她先是摇头推辞，突然发起人来疯，尝了一小口杯中的液体，眼见她难受得歪嘴皱眉。这一回，我拔去了状如小丑脑袋的瓶塞，抬起笨重的深色酒瓶往另一个酒杯中倒酒，喝给姐姐看——我闭上眼一口闷了，就像服毒一般。姐姐乐了，笑得小小的喉头抽动不止。我要醉给她看，故意弱弱地起身，东倒西歪地迈起步子。过了一会，我真的醉了，被门槛绊了一跤，险些摔倒，这才意识到自己醉眼迷离了。这种无边无际的倦怠感，对于我却是难以言表的舒爽畅快。在平时，我必须处处小心、时时在意；而眼下，我摆脱了桎梏，自然是喜不自禁。

晚上，我和姐姐睡在玄关边十几平方米大小的房间里。倘若两人紧挨着睡，会感觉房间异常大，于是两床被子之间便隔了一小段。关了灯，“死”召唤了姐姐，她很快睡熟了，我却睁着眼，直至习惯了“夜”。“夜”肆无忌惮地从我的眼睛灌进我的身体，最终充盈全身。我不再害怕黑夜，因为“夜”已经与我融为一体，我便放下心来，半张着嘴，坠入梦乡。

……一个冬天的夜晚。记得当时挺冷的，是冬天没错。时间大概已经过了午夜，我忽然醒过来，半梦半醒间，竖起耳朵听动静。玄关处传来说话声，又听到阿婆从我俩的房间门前经过。姐姐猛地站起身来，我也马上随她起身，只觉得头重脚轻，迈出的脚步仿佛踩在云上面，晃晃悠悠，浑身乏得厉害，分不清是现实还是梦境。不知不觉，我俩手牵手，冻得瑟瑟发抖，一起走到亮着灯的玄关边。站在那儿的，果然是母亲。

“是妈妈呀。”姐姐说。

“是妈妈。”我紧接着说，同时觉得很奇妙——自己发出声了。

母亲跟阿婆说了些什么。阿婆伸手要接过母亲的外套，母亲加以阻拦，又说了些什么，阿婆便离去了。我听不清母亲说的话，焦躁起来。母亲这才转向我们，静静柔柔地把手搁在我们的脑袋上，好像是说："会感冒的，快去睡吧。"但我很是兴奋，双手拉住了母亲的手。她的手像冰块一般，冻得我够呛。后来，我是松开了那冰冷的手呢，还是用自己的手温暖了它呢？已不得而知。睡意突如其来，我变得无精打采。就在这时，我们好像被妈妈紧紧抱住了，力量之大，压得我喘不过气来。我有些恍惚，打心眼里困倦了（直到现在也还是这样，我一旦遇到难以判断的事情，很快变得疲惫）。之后，母亲离开我们上楼去，我和姐姐默契地并排站好目送。不知不觉间，我俩的手，又牵在一起了。

母亲进了自己的房间，我们也回房睡觉。又喜又怕的心情撩拨着我，不仅令我久久无法入睡，还逗得我哧哧地笑出声来。一旁的被子里也传出姐姐的窃笑声，这下我笑得更欢了。黑暗中姐姐坐起身来，拿大人的腔调谴责我："有什么好笑的。"听得出她在竭力忍着笑。我回以"要你管"，伸出胳膊去打姐姐的被子，拳头没有打中，而是砸在冷冰冰的榻榻米上。姐姐倒也尖叫了一声，说要去向妈妈告状。我不甘示弱，说我才要向妈妈告状呢，你一言我一语，两人终于又一次跑出了被子。

楼梯下的房间还亮着灯，两人并排站在楼梯口，板起脸瞪着对方。接着，姐姐昂起头，朝楼上轻声呼叫：

“妈妈。”

声音很快被楼梯上方垂落的黑暗吸收了。

轮到我了。我尽量小声说话，就像耳边的嗫嚅：

“妈妈。”

上面没动静。我俩对视着，莫名其妙地笑了起来。特别是姐姐，哧哧地笑着，就像有人挠她痒痒。两人都穿着睡衣，身体很快就凉了，我们不再争吵，齐声叫唤：

“妈妈！”

旁人眼里，我俩活像是两只相依偎的小猫吧。

没有回音。我俩再次齐声喊，不安令我们加大了音量：

“妈妈！”

……楼梯上方，母亲出现了，悄无声息地，其举止轻柔悠缓，仿佛洞悉当下发生的一切。她抬起右手，做了一个让我们收声的手势，指尖在黑暗中游走，呈现一种奇异的姿态。母亲通体是朦胧的白色，想必是身穿白色睡袍的缘故。说起来不可思议，每每回忆当时的情形，一切历历在目。楼梯上方明明被黑暗所占据，我却能回忆起母亲的神态——披散的头发柔柔地打着卷，垂在后肩，我甚至看见了她俯视我俩的乌黑的瞳仁。母亲的脸上浮现出慵懒飘忽的微笑，右手上下摆了两三下，似乎以此掩饰某种困惑，嘴唇微微翕张，说了些什么。然而，我什么也没听见，就像是电影院的音响设备坏了，画中人成了哑巴，嘴巴一张一合的。我突然不安起来——在此之前，我一直出神地仰望着母亲，彻底丧失了自己的意志，她那朦胧而美丽的身影映在我眼中，好比发烧昏睡时头脑中酿造出的形象。而姐姐好像听清了母亲的话，怯怯地拉起我的手，说快去睡吧。这句话点醒了我，这才发觉自己快冻坏了。

两人逃回卧室，钻进余温尚存的被窝，我想象母亲保持着静柔的身姿，长久伫立。不经意间，睡意如层层波浪一般涌来，将我裹住。我的睡眠，来得是多么快，又是多么香甜呀。

第二天早晨，我醒来的时候，母亲已经不在了。阿婆说她再一次踏上了旅途。然而，母亲没有回来——她一去不返了。

我们装出一切了然于胸的样子，没向大人们提问。有时候，我俩会悄悄地议论，故意哧哧地笑，或者在眼神中装饰不安。有一次，姐姐突然说出一句："妈妈的幽灵。"这句话重重地压在我心头，觉得姐姐说了很不应该的话，便使了一个让姐姐闭嘴的眼色。姐姐想必是领会了，没有再提。

不久，我和姐姐被过继给伯父。而我的姐姐，很快也委身于"死"的手心了。

第二章

我几乎无法理解周边的大自然。

映入眼帘的一切新新鲜鲜，植物、泥土、光，都散发着香气。坡道越来越陡，山路两旁，嫩叶老叶齐齐茂盛，浅绿深绿相得益彰。成群的蜂和虻奉承着灌木盛开的花，为花粉疯狂。柴枝零落的道路热气蒸腾，步入树荫，便感受到凉飕飕的山气——就在当下，一场苟延残喘的战争仍在继续，东京（几天前我还在那儿）和其他许多地方，想必正经历着炸声轰轰、炮声隆隆吧。对了，昨晚不是还有一队B29轰炸机，飞越偏僻的信州山区，在新潟港投下水雷吗？话说回来，眼前的万物都是鲜活的，与战事毫无关联。而我，参不透这生机勃勃的自然。

我所体会的，或许是因诅咒而陷入长眠的童话人物苏醒时的心境。昏睡中时断时续的梦是真实的吗？如今逐渐清晰的视野是真实的吗？我满怀疑惑地揉揉眼睛。我的少年时代就要结束了。有人说，人的少年时代其实是一种睡眠，是精神上的休眠期。这是不对的。正是为了让童年时汲取的宝贵财富静悄悄地发酵，人需要表面上颓废的休眠。此外，我还拥有战争。它仿佛永不终结的假日，将安适的场所和过分充足的睡眠赐予我那未成熟的灵魂。我要做的，只是委身其中。少年们徒长了年龄和身高，越长越像了。事实确实如此。

四周是落叶松爽直的树干，砍伐后的树桩散发着木屑的香气。光在细密的松针间穿行，带上了绿色调，呵护着飞舞其中的弄蝶——那对浓褐色的纤细翅膀，仿佛是为承接阳光而存在的。那阳光，仿佛也是为了与蝶翅上朴素的鳞粉嬉戏而降临的。灌木肥壮的嫩叶上，叶蜂的幼虫蜷缩着。招摇着奇妙长吻的象鼻虫憨态可掬，光泽近似宝石，它拖来柔软的树叶，用作养育子女的摇篮……一切营生，都在澄明通透的大气中、沁人心脾的静谧里进行着，一点一滴，一丝一毫，撩拨着我的心弦。

时值六月，太平洋战争接近尾声。那一年我十八岁，升入信州的高级中学。因为战局紧迫，入学时间推迟，转而去初级中学的兵工厂参加强制劳动。我之所以在几天前来到了信州，是因为东京的伯父家和兵工厂都在五月末的空袭中化为乌有。就在半个月前，我的眼前，有切削油的气味，有寒光闪闪的切刀和蜷曲的铁屑，有为了疏散难民而遭拆毁的建筑群，还有可怕的警报嘶吼声、横亘天际的条纹状飞机云、装点夜空的曳光弹、吞噬一切的大火。这是可怕的混乱，更是按部就班的破坏行径。那合金拼凑而成的巨大怪鸟，以一种极其洗练的、令人眩晕的姿态，在探照灯的光柱中现了形。然而，如今我眼前的自然——一片树叶、一块泥土、一缕阳光的美，更安详，更纯粹，更具根本性。如果说前者是"个体"之美，那么后者让我联想到的，是关于"种类"的自然的思想。它触动我，刺痛了我的心，唤醒了心底的沉睡之物。

饥饿和陌生的风景令人疲惫，我便坐在路旁的柴堆上歇脚。从早晨到现在，我只吸食了稀薄的杂烩粥，现在下半身完全没了力气。静坐期间，我切身感受到了时间——它小步挪移在微风拂动的树叶间，在纯白树皮稍稍剥落的白桦树干上。在我离开的地方，那个化为焦土的城市，时间急匆匆地前进；而在山间，时间或迂回徘徊，或欢闹嬉戏，悠悠然地循环着。

放松精神，休整身体。天色一碧如洗，眼见小鸟的身影扑朔梢间，耳闻树叶被似有若无的微风吹得沙沙作响，树林深处传来物体坠地的声音。山林的种种气味混合在阳光里，当中也掺和了我的汗味。我晃动着乏力的脚，等量地感受着周围的低声细语和自己那因疲劳而消颓的肉体——这是一种久违的心情，慵懒困倦，不知所措。一匹虻停在我的胳膊上，我要用另一只手赶走它……这时，心里忽然冒出一个古怪的念头："这只手莫非不能动了吧？"最终手还是动了，把虻赶跑了。我看自己的胳膊，看着像是别人的身体，不由我控制。下一秒，我没来由地怀恋起来。这是一种不可溯因的情绪，汹涌而来，徘徊游移，尔后消失。也许是"时间"的恶作剧吧，时间忽然间飞快地倒流，若无其事地爬上了白桦的尖梢。

一个声音叫住了我。我抬起头，一位背负柴火的中年山民站在眼前，问我怎么了。我答，肚饥。他便将厚实的手探进腰袋，取出一块赤褐色的东西递给我。那是高粱面揉成的干巴巴的面疙瘩。我接过后狼吞虎咽，连气都喘不过来了。

"到王鼻山顶呐，还得走两个钟头吧。我先走了。你别急，走走歇歇最好。"

他回答我提问的同时，把背上的柴往上驮了驮，慢悠悠地走起来。我默默点头致谢，目送他步步前行的背影。和着他缓和有致的步调，我或许在潜意识中探索起遥远的过去……过了一阵，我恢复了体力，站起身，和那位山民一样，慢吞吞地迈开步子。

山路很快有了鲜明的曲折，坡度陡增。我气喘吁吁，疲劳的双腿却自顾自地攀登不止，我的心静如止水，种种念想滑落心底。我的目光很快又被渐次变化的自然样貌所吸引。路面上有不少小石块，灌木繁盛，不时阻挡我的去路。途中邂逅了几个石狩红蚁的大巢。这种分泌刺鼻蚁酸的蚂蚁执拗地爬上路人的脚。我的手不用我使唤，自动撣除不速之客，或者逮住它们，抓到眼前瞧一瞧。

终于，我登上了山顶。这里岩石遍布，小片黑土地点缀其间。在中央地带，扁平的石头垒得老高，供奉着几尊石像。放眼望，名曰“美原”的高原呈现出平缓的起伏。回首望我上山来的方向，隔着松本盆地，是如波涛般绵延的北阿尔卑斯山脉[1]。我累极

---

① 本文中提到的“阿尔卑斯山”“阿尔卑斯山脉”等，皆指日本阿尔卑斯，即位于日本中部的飞弹山脉（北阿尔卑斯）、木曾山脉（中央阿尔卑斯）、赤石山脉（南阿尔卑斯）三个山脉之总称。

了，而心情激越，坐在石像下，看起风景来。宽广无际的视界之中，有流淌着亮白水脉的平缓盆地，有残雪斑驳的苍茫峭壁，还有那横亘天边的阿尔卑斯群峰——细碎的阴影，复杂的起伏，两相糅合，呈现出魅人心魄的厚重。

天空澄澈，竟有些乌青色，是无穷无尽的深远所造成的阴影吧。那深邃的蓝天，在与远山相接之处，折中成微白。清朗之极，近乎冷酷无情。

深重的静寂充盈在我的四周。我一动不动地坐着，不思考，也无意去思考，只是伸展开腿，久久静坐。没有一丝声响，除了我轻微的呼吸声和远山传来的漠然讯息。我的气息和大山的呼声先是低回于我的周身，后来悄然集合挨近，接着向我轻声诉说着什么。几乎是同时，我把听到的词语说出了口：

“妈妈。”

这完全出乎我的意料，我不知自己咕哝了什么，便试着再动了动嘴唇，这才知道它的意思，体会了它的语感。而它带给我的，只是一味的困惑。这个词，我很久没有说过，是早已忘却了的，此时此刻蓦然出现，是什么道理？它侵透我的身体，化为不可言说的寂寞。莫非缘于我没有任何近亲，如今又离开那些朝夕相处的人们，孤坐在险峰之巅？不尽然。是因为前途不可预料的战事吗？也不尽然。我已经到了扪心自问的年纪，领受着孤独，心口仿佛开了个大洞。委身于广袤的自然，我将一个陈腐老套却是永恒的问题抛给自己：我生自哪里？

我竭尽全力，追溯那些朦胧飘忽的往事：刚上小学时，接受简单的体检……胸前扣着代表蓝队的蓝飘带，走在嘎吱作响的走廊上……找不着自己的教室，哭鼻子……都清晰地回忆起来了。然而，记忆的胶卷在此被咔嚓截断，恰似薄暮时分的道路，再往前走，就是彻底的黑暗。每一个人的童年记忆都是模糊的，处处是破碎的片段。而我，搬到伯父家之前的记忆却完全是空白的，就好像走在一条越来越窄的小路上，忽然就到了尽头，眼前是万丈深渊。当然，我的记忆当中还是留存着几个形象的，比如父母和姐姐，还有自家附近的风景。但那仅仅是抽象的概念而已，不具备哪怕是一丁点的现实感。姐姐的死我还是约莫有些印象的，至于我的双亲，关于他们的记忆则是荡然无存。我隐约记得叔叔伯伯们告诉我父亲的事，还给我看过影集。说到母亲——母亲的失踪似乎有隐情，大人们对此缄口不提，连我自己也下意识地回避。不过，我知道母亲已经不在人世了。不知不觉间，我是被动地、但确切地获得了这个信息，宛如悄然渗入皮肤的温度，无法判定知悉的时间……不管怎么说，我早年的记忆全部失去了！我的童年消失了！我一门心思地索求遥远过往的影子，尤其是母亲的姿容，终究没有唤醒任何图景。即便是记忆中仅存的那几个“概念”，我也觉得自己跟它们没什么瓜葛，还不如早先听大人讲的仙谭童话或是书店摊头偶尔瞥见的书籍插图来得走心。

我一下子不安起来，那感觉就像是脚下的地面突然消失了，自己变得像影子一般暧昧模糊。我赶紧摇了摇头。耳朵深处有铮铮的鸣响。是单纯的耳鸣，还是远山传来的声音？我无法判别。群山连绵，雄姿不改，这种孤绝感更让我心酸。我终于站了起来，眺望日本阿尔卑斯前卫峰——枪岳那直刺天空的三角形尖顶，心想：

“那个山顶要是被直径四十厘米的大炮弹击中，恐怕会折掉吧？”

真是愚鲁之极的念头。

正如我说的，我的童年消失了，也许可以将其单纯地归结为忘却的作用。但就如儿童并非大人，幼儿也绝非更小的儿童。谁又能说清道明其中的神秘法则呢？不过，有一点可以断言——童年的存在目的，仅仅是人的成长。这样的话，人便有可能把一切阻碍成长的体验和记忆，统统封存在体内的某个角落。这就和人体对付结核菌一样，在其周围裹上一层石灰质的坚壁。然而这样一来，一个人就背负上了无形的影子，即“潜意识”，随着人生的延长而逐渐膨胀，与人寸步不离，伴随他度过一生。

如果事实如此，我就没有必要在这山顶纠结于记忆的空白了。我已经无比巧妙、无比周到地完成了这个过程。要不是后来的那场病，要不是那神奇的“发掘”作业，我恐怕已经认定自己是出生在伯父家的人，也永远无法理解，模糊不清的墓碑、神秘的地毯纹样为何会出现在梦中。

下面，我将介绍我的少年时代，也就是当时的我所能够追溯的最古老的过去。

* * *

大伯伯（阿婆是这么称呼伯父的）在东京的郊外

经营着一家大型外科医院。他率领了一族郎党（绝大部分人是医生），在离家不远的地方，建了一所拥有两幢病房的医院。他的父亲，也就是我的祖父，是大家庭主义的源头。祖父将三个儿子中的两人培养成医生，并坚持把女儿嫁给医生。唯一的例外，就是我的父亲。

那间老旧的大宅子里，除去用人，还住着二十来个人，很难分辨清楚他们之间的血缘关系，与当下的“家”的概念相去甚远，各人坚守各自的领地，与其他人或亲或疏。家中房屋也是恣意扩建，以渡廊联结，错综复杂，以至于做客后离开的初访者往往迷失来路。且看这边，霉味逼人的半朽房间的隔壁，有一间木纹崭新的别致小房；再看那边，精装细置的西式房间一隅，闲置着一架掉漆的廉价钢琴。家中某人患病，日后痊愈，其他家人对此竟然毫不知情——类似这种事情乃是家常便饭。任何微小的风吹草动，都会立刻被这个“家”一口吞噬，惹不起风波。

小小的姐姐和我完全被这氛围所接纳，没有激起一丁点波澜。对于两个初来乍到的孩子，大人们不予周到的呵护，却也不冷漠，算是放任自流吧。在这个家庭里，即使在亲子之间，也存在确凿的莫名的距离感，它更加稀释了我俩的存在感。当然，随着年龄渐长，立场特殊的我也难免会产生一些想法，就不在这个故事里讨论了。

没过不久，姐姐死了。我前面说过，姐姐是个出奇可爱的孩子。

有一些人，不是为了活下去而出世的，他们来到在这个世界上，仅仅是为了死去。偏偏这些受到“死”垂青的人，长得是温柔雅致，纤巧殊甚，仿佛是“死”在“生”面前标榜炫耀自己。

毫无疑问，我的姐姐，正是这类人。后来大人们评论我相貌当中的可鄙之处时，必定拿姐姐作为参照。“你姐姐多可爱呀……”祖母发表评论时的腔调带有老年人特有的客观性，“你怎么长得像鼯鼠呢？”她喜欢说我长得像动物嘲笑我，每次都换一种，有时是青蛙，有时是鸵鸟。当然，我无言以对。说起姐姐的形貌，我不禁联想起人偶——袅娜、纤弱、精工细作。

我的姐姐，在还没有长成少女的年纪，就被“死”决绝无赦地带走了。它用静柔而冰冷的手爱抚姐姐，让她出落得楚楚动人。“死”打定主意召唤她了，所以它的手段，带有一种虔诚的静谧。一天早晨，大家乱作一团时，姐姐的身子已经变得软塌塌了，开不了口，说不了话。大人们诊断她得了菌痢，而依我看，“死”一定是亲自来迎接姐姐的，以忧郁的、略带哀伤的眼神，守望着姐姐平躺的躯体。

大人给姐姐注射了林格氏液。我坐在房间的角落，双膝并拢，静观伯父和他召唤来的其他大夫忙活着。我一动不动，眼看着透明的林格氏液从玻璃容器出发，通过橡胶管，通过粗长的注射针，注入姐姐的腿。针刺入身体时，姐姐稍稍皱了皱眉，那种神情，仿佛从深沉的梦乡苏醒过来，迷蒙懵懂，还带着一丝好奇。从她那紧闭着的已经发紫的嘴唇中间，脱出一句“好痛”，便再也不说话了。针头完全没入皮肤后，她又睡着了。这句话是否真正倾诉了姐姐的痛苦，不得而知。在我的想象当中，一阵气息游离出她的口，空气受激形成声波，整个过程历时良久。那句“好痛”，或许是各人的臆想吧，听上去是那么悦耳，简直是娇媚。

注射完毕，医生帮忙整理好姐姐的被子，神情严肃，一只手抚着下巴，与伯父用高深的外语交谈了几句。我觉得很滑稽。姐姐的被子上染着浓艳的牡丹花图案，也和现场的气氛格格不入。倘若笑出声来必然挨骂，我便悄悄走出了屋子。

那时正值梅雨时节。如果有一天，低沉的灰色天空的一角裂开一条缝隙，露出一缕清爽的水蓝，就意味着入夏了。那一天，浓云依然没有散开，压抑而沉重，典型的黄梅天。我去了后院，见到篱笆旁的大灯台树周围群蛾飞舞，不计其数，恰似将一把扯得粉碎的白纸片往空中一扬。从那一年起，每年的这个时节，我必定遇见这种白天活动的昆虫破茧成蛾。它们的幼虫吃灯台树的叶子长大，仿佛对灯台树抱有敌意似的，成群结队吃掉每一片树叶。

一只飞蛾，停在灯台树粗糙干裂的树干上，灰白的翅膀半张开，腹部一抽一抽地产着卵。我靠近仔细端详，蛾子的面目可怖，小小的黑褐色复眼发出酷似无机质的光泽。“它会死掉吧。”我想。姐姐也活不久了。看着抽动腹部的蛾子，我突然很认真地思考起“死”来。受到“死”青睐的，好像是母亲和姐姐（大人们说母亲去了远方，而我相信是“死”带走了她）。她们很轻易地就接受了死亡的邀请，而父亲，他是吃尽了苦头才死成的。想到这里，“死”不理睬我，反倒伤了我的心。过了一会，我怯生生地把蛾子拂落在地，用脚使劲碾它。蛾子的黄色体液污染了它白色的腹部，木屐上的泥土又弄脏了它的全身……直到蛾子变得面目全非，我才稍稍松了口气。

此后没过半天，姐姐死了。她是睡着死去的，所以人们无法判别她是睡到几时才死的。我见两三人抹着眼泪，乍一看是丑陋的，细细观察之下，我发现湿润的眼球竟然如此美丽。那慈悲的泪光，我是有生以来第一次见到，深受震动。

“死，必定是温柔的。”

我的这个想法，随着年龄的增长，越来越明晰了。

姐姐不在了，这间大宅子更是疏远了我，就像那一片广大的墓地，显得如此神秘。让我安心平静的，是阿婆。她在我身旁伴我入睡，在我上小学之后依然如此。她本是我家的女佣领班，出于对我和姐姐的溺爱，跟随我俩来到伯父家做工。她对于那堆满了书的老家的情，对于生活在那里的人们的爱，如今倾注在我一个人身上——从她那温和善良的肥胖身躯散发出的亲情，我尽数领受了。说起来，她的一举一动，让我联想到温文尔雅的印度象。

年幼的我体弱多病。寒冷的季节就不用说了，季节更替的时候也定然发烧。每当这时，阿婆便如惊弓之鸟，神经格外紧张，或严厉呵斥经过我房门口时脚步声很大的任何人，或一动不动地用手按住我脑门上的冰袋。她不太相信现代医药，花几个小时熬制浓稠的米汤，以鲜红的梅干点缀，喂给烧得神志不清的我吃。不久我病愈，她也不允许我下地活动，一连几天，把粥卷在腌白菜叶里喂我，而我就像雏鸟般张开嘴。阿婆将每个白菜卷比做人，逗得我乐不可支。

“这个瘦，是千代阿姨……这个胖，是大伯伯。”

“乱说，是阿婆你呢。”我说。

不仅仅是因为不喜欢去学校，我对疾病本身也抱有相当的好感。说真的，我挺喜欢发烧带来的乏力感和那隐约作痛的身体。呈闪电形上下运动的体温计红线、白粥中梅干洇开的深红色、侵肤透骨的冰袋低温，每一样东西都让我着迷。然而我最最向往的，不正是死亡吗？“死”会用它那无形的手牵着我，去一个无忧无虑的境地，就像是沉静舒爽的水底。那时我常受噩梦侵扰，深夜突然醒来，坐起身，嘴里说胡话。阿婆便会轻轻地抱住我，摩挲着我的身体，抚慰我。“别怕，这不好好的吗……”她摸着我的脑袋反复叨叨，等我慢慢平静下来了，总是会说：“少爷身上有虫呢，得喝药打虫了。”

到了户外，我常把脚泡在后院的池子里。微温的池水色泽暗淡，睡莲的绿叶点缀其间，不时有气泡从池底的淤泥中冒出。我摆动着脚趾，透过浑浊的池水看，脚趾就像是不可思议的生物，纠缠嬉闹。凝视片刻，我不禁起了疑心：水里运动着的白乎乎的东西，真是自己的脚吗？只觉得它脱离了意志的控制，自顾自地或动或止。有的时候，我甚至觉得不光是手脚，就连自己的躯体都成了另一种生物。尤其在意气消沉时，我闭上眼，上下摆动脑袋，这种体验便会格外强烈。就我而言，闭眼点头这个动作，似乎会产生类似自我催眠的效果，一旦奏效，要想动一动自己的脚都很困难——忽然关节咔嚓一响，我能动弹了。那时，我还具备一种能力：闭上眼睛，就能想象出形形色色的幻影。玩腻了自我催眠的游戏，我便恣意想象出一些动植物的形象消磨时间。

时间无情地、意味深长地流淌，将我催熟成一个具有可逆性的少年。一如未知的影子从那片原本是如此神秘的空地上淡去，不知何时起，空阔的宅子、居住其中的人，也逐渐成为我眼中熟识而确定的事物。慢慢地，我忘却了过去，我的童年就这样悄无声息地消融了——至少在记忆的表层。

* * *

那是几时的事呢？

肯定是夏天，是蝉鸣的季节。不知是什么缘故，我对知了猴怀抱着炽盛的好奇心。

每当黄昏降临，我悄悄溜出家门，因为一个不为人知的秘密而浑身颤抖。屋后的橡树林便是知了猴的采集地。夜幕降临，蟪蛄的低吟浅唱时断时续，蠓集聚在草地上，扶摇成柱，是它们破土而出的时间了。

我的胆子特别小，而知了猴的魅力驱散了我的恐惧感。昏暗中，我聚精会神，细看粗大的橡树根部，找到不少它们出土时留下的小洞。树干上也处处留有它们蜕下的壳。未蜕壳的知了猴却不是那么容易找见的。若是有幸目睹知了猴静静地在树干上攀爬，或是恰巧碰见它们刚刚结束漫长的地下生活爬出地面，怯生生地踟蹰不前，这时的感觉，就像是心脏被人猛地揪了一把。

一只，两只，当把知了猴抓在掌心时，我才回过神来——它们正用强有力的前肢抠住手掌爬行呢。夜幕笼罩大地，树木的远近疏密营造出森然的魅影，令我胆寒。从白昼的睡梦中苏醒过来的金龟子，不停碰撞着橡树的枝条。那令人不寒而栗的嗡嗡振翅声吓得我魂飞魄散，拼命往草丛另一头亮着灯的主屋跑。

回到自己的小房间，我放下知了猴（那时我已经一个人睡了）。它们轻手轻脚地爬上隔扇门或屋柱，待到灯灭时机成熟时破壳，水灵灵的幼蝉便出现了。时间基本上是半夜，我强忍着不睡，即便是睡着了，我也会在夜里醒来数次，悄悄地打开电灯查看它们的状况。

幼蝉破壳而出。若非亲眼所见，实在难以想象幼蝉竟拥有如此妖异的美。它是如此纤弱，仿佛随时会消失；它是如此脆嫩，仿佛触之即化。那是一种在阳光下无法存续的极其脆弱的美。茶褐色的油蝉翅膀，在刚出壳的时候却是纯白色的，一种湿漉漉的、让人魂牵梦绕的纯白。它的身体也是白色的，宛如童话中的妖精。它先是脱出上半身，接着往后仰，用身体的重量使下半身也脱出来，从容不迫地调整姿态——一具青白色的纤弱裸身出现在蝉蜕上！我目不转睛，见证了全过程，揪心的紧张情绪排斥了心中他物，甚至赶走了我的灵魂……

渐渐的，不单是知了猴，我还被其他许许多多昆虫所吸引，就连无趣的虻、无聊的金龟子也是。前者的翅膀和后者的翅鞘上都有极其精巧的线条，是浑然天成的镂刻。卧倒在绿草间，我盘点起捕获的虫子，如数家珍：有的触感如天鹅绒，有的小刺扎人，有的花纹内蕴深刻，有的图案暗藏玄机，有的奇光异彩夺人眼球，有的在我的指尖上遗留鳞粉，有的振翅声悦耳动听，有的发出酸甜的气味悠游于我的掌心。我贪婪地享受它们的触感、形态和色彩，乐此不疲。

干燥的土地上青草蓬蓬，身形硕大的蜂扇动着橙色的翅膀匆匆忙忙地飞来飞去。那对翅膀在阳光下呈现绯红色，有时竟鲜艳如火。灌木叶上有甲虫休憩，散发着蓝宝石一般的金属光泽。伸手触碰，甲虫吧嗒落地，即刻装死。它们宛如一滴露水，极其自然地落到地面，不痒也不疼。孩子陶醉于矿石或虫子，或生出占有之心，是希望自己成为它们的一员。我常常幻想自己化身为翅膀上装饰着冥府徽章的夜蛾，肆无忌惮地辗转飞行于暗夜，或者变成装备一身威武盔甲的象鼻虫，悠然攀爬于栎树那粗糙的树皮上。所以我偶尔逮住令自己心满意足的独具特色的品种，便会把它们放进小玻璃瓶中收藏。后来它们死了、干了，我还是会时不时地取出来，静观细赏。

那时，一个抽屉邀请我观赏它。宅子二楼有一个小巧精致的西式房间，靠窗放着一张老旧的书桌，那个大抽屉便是它的组成部分。房间的主人常不在家，疏于收拾整理。打开抽屉，可见里面塞满了形形色色的魔术道具，比如弯弯曲曲的彩色玻璃管、红绿条纹相间的棒子、色泽浓艳的玻璃球、带有刺绣的手帕、表面满是突起的魔术烟斗、带有蛇形雕刻的黑色木箱……有的仅仅是外表光鲜，有的则庄严肃穆，我觉得这些东西只能在博物馆或隐者的居所见到。它们的主人严正声明，这些都是他的宝贝，切勿触摸。我偷偷地用手指碰了碰它们，咽了口唾沫，忍耐着远观而不亵玩，等待它们发挥神力的那一天。

这一天很快要来了。房间的主人——在京都学医的叔叔即将放假回家。他算不上什么大人物，不过是个会耍耍魔术、浑身冒着傻气的老好人罢了。只不过在我的眼里，他可一点也不傻。叔叔的脸棱角分明，肤色浅黑像印度人，破锣嗓子发出像精神病人一般的怪声，但毫无疑问是一位身怀绝技的魔术师。我甚至觉得，他的身后始终萦绕着幻妙的影子。他的耳朵随意肌发达，运动自如。“看好咯！”他大喝一声，接着微微扇动起那双招风耳。当叔叔出离愤怒，或是兴高采烈时，两只耳朵也会自动颤抖起来。

“看好了！”叔叔摆起架势，一扭腰，手中亮出一块五彩手帕，得意扬扬地挥舞给我们看。接下来，他叼着魔术烟斗，慢慢吸上一口，吐出的烟气中竟然跳出一把金色的锁，这锁竟然和烟一同晃晃悠悠地飘浮在空中！不幸的是，观众中有小时常来我家玩的堂兄，他眼尖，一眼就看穿了叔叔的把戏：“什么呀，不就是用根线吊着嘛。”魔术师受了奚落，捶胸顿足，长辈风度荡然无存，用沙哑无比的嗓音吼道：“用线吊着？！哪有线？臭小子。你再胡说八道，小心被恶鬼挖掉眼珠子！竟然说有线……你倒是来找啊！挨千刀的小子，就知道吹牛，死小鬼！你有本事，你说线在哪儿，你倒是说说看啊！老子我怎么看不见呢？”堂兄吐了吐舌头，闭上一只眼扮了个鬼脸，一溜烟跑了。泄了气的叔叔坐下，抚摸起宝贝烟斗自言自语："这家伙肯定没出息。"每每触了霉头，他的那双难看的招风耳必定抽动良久。

魔术师叔叔对我情有独钟，他一定是看穿了我这个腺病体质的侄子不像其他的孩子那样小瞧他，而是轻易地听信他，由衷地钦佩他。他把我叫到房间里，讲许许多多的故事给我听，大概是有心牢牢笼络住我吧。他的故事像是某种胡编乱造的童话，我还是探出身子听得入迷。他毫无讲故事的才华，最要命的是，他往往说着后段忘前段，情节牛头不对马嘴：人物明明是独生子，讲到后面，不知从哪儿冒出个兄弟来；装备魔法球成为不死之身的英雄一朝命丧狮口……在他的故事里，这类的荒唐事层出不穷。而且，叔叔似乎嗜血成性，情节发展一旦受阻，就毅然决然地杀死故事里的人物。

"那魔法球是怎么回事？说好的不死之身呢？"

屏息倾听的我实在听不下去，忍不住发问了。叔叔一本正经的浅黑色脸膛上顿时显出狼狈的神色，与被堂兄揭了老底时的表情如出一辙。他祭出沙哑的嗓音，以掩饰当下的窘境：

"是不死之身没错啊……你的心还真细，厉害厉害。你听我说，是这样的，王子殿下一时没想起来他带了魔法球。他死掉之后，忽然想起来还有魔法球呢，于是一边搓着口袋里的魔法球一边许愿。你猜怎么着，不可思议的事情发生了……”

“死人的手还会动？”

魔术师叔叔板起脸来，使了个让我住嘴的眼神，一番苦思后，他又诌出一段：

“那不正是魔法球的魔力吗？这魔法球啊，法力无边，相当神奇。这种稀奇古怪的事情世上罕见，那可真是超乎想象……”他结结巴巴，说来说去就是这么几句，见孩子们脸上现出不耐烦的神色，愈发信口开河，“王子原本已经停止跳动的心脏，又扑通扑通地发出了声响，起初时断时续，那叫绝对性心律失常，拉丁文叫‘阿里托米亚’什么的……反正就是那种声音，慢慢就恢复正常了。”

叔叔惯于在故事里插入一些艰深的医学术语，权当是临近考试时的复习，也有让天真的孩子们惊叹、令我折服的企图。在我听来，那些词汇确实令整个故事增色不少，显得有些分量。

“王子直接飞到了火星。火星上到处都是火焰，王子从寒冷的月球来到这里……”

“王子不是从金星来的吗？”我订正道。

“哦对，金星也行。你看，他来到了火星，长颈妖怪那个猖獗啊，王子一把揪住长颈妖怪的脖子，你看，就是这个部位。”他指了指自己的脖子，“这儿的肌肉也有老长的拉丁语名称，听好了，它叫‘穆斯库鲁斯·斯特诺克莱德马斯特伊迪乌斯’①。”

故事讲完了，他松了一口气，点上烟，漫不经心地问我：“怎么样？有意思吧？”“叔叔懂的不少吧？”我点头称是（这是出于真心实意，我觉得再也没有比叔叔更伟大的人了）。叔叔受了肯定，心满意足，摸着我的脑袋说：“你小子，长大了肯定有出息，肯定是个大画家。”他这是在恭维我。当时，我的画工相当好，参加了画展，还拿了若干奖项。

“你一定能成为像塞尚一样的，像凡·高一样的……”年轻的叔叔说。实际上，他不知道这两者有什么区别。

很遗憾，叔叔的魔术师光环，在某一年的圣诞夜彻底消亡了。精彩绝伦的开场，令后来的失态更显不堪，难以收场。叔叔披上老式的披风，戴上祖父遗留下来的礼帽，闪亮登场。这身行头让人联想起蝙蝠，

---

① Musculus sternocleidmastoideus，胸锁乳突肌。

给人以身怀绝技的印象。一副小大人派头的堂兄充当叔叔的助手，大概是因为家中没有比他更合适的人选了。微醺的叔叔成功表演了扑克牌魔术和蛇纹木箱魔术，赢得满堂喝彩。不料堂兄喧宾夺主，以卓越的表演取悦观众，风头盖过叔叔。老实巴交的大学生见被小学生抢了风头，自然十分不满，卖力地以种种手势和身段博取关注，结果是徒劳。

“接下来为大家表演的是——”叔叔一声吼，嗓门沙哑仿佛得了喉癌。他意气风发，不知从哪儿取出一个闪耀着奇异的金绿色光泽的玻璃球，苹果般大小。我觉得世界上如果真有魔法球的话，必然就是眼前的这颗了。

“此球状如珠玉，如我撒手弃之，必将坠地粉碎。且看我将其悬停空中！”

“这太危险了。你还是别玩了。”堂兄向叔叔发出警告。

“你说什么？！臭小子。看好了哦，来咯——”

他放了手，接下来发生的事情完全出乎他的预料——美丽的玻璃球没有停留在空中，而是无情地撞向地面，摔了个粉碎。其窘境令人不忍卒睹。叔叔好不容易平静下来，找来一个金属的杯子，把坐在观众席上的我召唤到跟前，令我将一大罐水注入杯中。“这下不用担心摔碎了。”不知趣的助手讥讽道。“挨千刀的！死小鬼！”叔叔一边怒斥堂兄，一边在披风里摸索着什么。杯中的水快要漫出来了，我瞥了一眼手捧杯的叔叔的脸，狼狈、不知所措的表情显而易见。我几次犹豫，想要停止倒水。“漫出来咯！漫出来咯！”堂兄一惊一乍的腔调令观众无不心惊肉跳。“胡说什么你！”魔术师怒吼，“再倒！再倒！这可是神杯！能喝三升水。大伙儿别听小鬼胡说八道。”事实也是如此，杯中水一点点地少下去，于是我相信了叔叔的能力。不知他用了什么机关，杯中的水眼看着要溢出来，又消退下去——就在这时，惨剧发生了：叔叔的胸口迸发出沉闷的破裂声，一瞬间，大量的水顺着他的裤管冲下来，紧接着，水杯打翻了，一杯水全洒在叔叔的斗篷上。一切在瞬间发生，又在瞬间完结，哄堂大笑之中，魔术师活像一只可怜的落汤鸡，站在一摊水中。他的耳朵猛烈地抽搐着，顾不上自己当下的处境有多么不堪，就朝着可恶的堂兄扑过去企图抓住他。堂兄敏捷地跳过椅子溜走了，边跑边叫嚣：“来看大耳朵妖怪咯！来看低等动物咯！”

自从那件事以后，叔叔对我越发亲切了，给我看显微镜下的向荆孢子和蝴蝶的鳞粉，还给我买折叠式的捕虫网兜等等。不过，他身上那神秘的魔术师风范确实一去不复返了。即便如此，我仍然以一种小孩特有的执着尊敬这位年轻的叔叔，每次凭一己之力发现了叔叔知识面以外的事物，又是开心又是骄傲。我观察在枸橘围成的栅栏边翩翩飞舞的燕尾蝶和把脑袋探进蜗牛壳中捕食的步甲虫，往往一看就是老半天。随后我向叔叔交代自己的惊奇发现，懂得了一件事：大人的知识很不可靠。

“你说什么？皂荚虫？没听说过嘛。大概就是象鼻虫吧。”

“不对，象鼻虫只有一根高高翘起的角。”

“没错，象鼻虫只有一根角。皂荚虫不也是一根角的吗？”

“不对，皂荚虫有两根角的。”

“什么？两根角？还有这种古怪的虫子，太不可思议了。”

我便捉来一只皂荚虫的实物，他见了，一口咬定这就是象鼻虫。

“可是你看，它不有两根角吗？”

“还真有两根啊。我小时候明明看到只有一根的……”

接着他拍了一下大腿，作恍然大悟状，说这是“突然变异”，说话时耳朵微微颤了颤。

伯父家有一个传统：每年夏天，在山区或湖畔租一间合适的房子，全家在此度假。暑假为期一个月，我从学校的禁锢中解放出来，远离城市，每一天都是神仙般的日子，是我所有感官的飨宴。

山上有很多我没见过的奇特动植物。走进杉树林，树皮分泌着浓油似的树脂，散发出与橡树林迥异的温润气息。树下青草萋萋，露出黑土，上面长了一圈垂头耷脑的怪样蘑菇。较平地上的黑色燕尾蝶体型更大的燕尾蝶落在山百合花上采蜜，体态典雅端庄。它那四片厚实的黑翅膀上，遍布金绿色亮晶晶的小颗粒。鲜红的花粉，将蝴蝶的细腿和触角染成姣美的颜色。我半夜醒过来，听见隔扇门处传来啮虫咿咿呀呀似有若无的低鸣声。我从来没见过这虫的真身，鸣叫着的，仿佛是隔扇门的纸，又像是榻榻米那粗糙的边缘。月光如练，自窗而入，照在摸索着爬墙的盲蜘蛛身上，可怜它那几条如细丝一般的长腿。这时的我双目圆睁，感受着山中的寒气渗入眼睛，浸淫于森森可怖却奇幻美妙的童话世界。有时，细长腿的盲蜘蛛缓步行进在啮虫那时断时续的鸣叫声所酝造的氛围里，音形相融，毫无隔阂，互不矛盾。前者摸索前行的细腿和后者的轻声鸣叫相互纠缠，相互爱抚，融为一体，渐渐地模糊起来，幽幽地消失了……我也坠入梦乡，度过漫漫长夜，一直到山头发白，暮蝉和山斑鸠齐齐报晓的时分。

暑假的一天，我一手提着捕虫网兜，走在山路上。盛夏午后的阳光使得树荫浓得乌黑，绿草的芬芳融入汗水。这时，一个耀眼的物体贸然横穿了我的视野。是蝴蝶！还是某种罕见的品种！这是经验告诉我的。话说回来，我的膝盖和提着网兜的手，怎么会抖得这么厉害？

当蝴蝶翅膀激起的银色炫光再次进入视野，我疯狂地挥舞起网兜。得手了！透过半透明的网兜，只见小小的四片翅膀无力地挣扎着。我就在网兜边半蹲下，伸出颤抖的手指，按住了尚未验明正身的猎物，心脏怦怦地跳。这只身披鳞粉的可爱天使死了，横尸于我的掌心。我瞪大眼睛凝神观察——银白色的鳞粉将它的翅底装点得银光闪闪，而暗红色的鳞粉则美化了它的翅表，形成鲜明的对比。

我顿时愣住了，感觉有东西不停地刺激着心底，有点疼，又有些痒。我再次把目光投向了猎物，这种蝴蝶的确是我生平第一次见，它如此美丽优雅，简直是来自幻想世界的尤物，没有一处不合我的审美。我后悔不迭，实在不该着急杀死它的，应该把它放进玻璃器皿中，好好欣赏一番它那翻飞飘忽的光彩，可现在……我沮丧地从竹笼中取出濒死的蜻蜓，将合翅不动的蝴蝶尸体放了进去。

在山中，起浓雾不是什么稀罕事。傍晚回家的路上，我看见附近的山谷腾起白雾，游走于树木之间，越过别墅的栅栏，行动之迅速，俨然是某种生物。天黑得也太快了，周围的杉树林中，暮蝉齐声鸣唱，应和夜幕降临。须臾，杉树林也被致密的白纱帐所遮蔽。我匆匆忙忙跑到家中，这才发觉竹笼中的宝贝蝴蝶不见了。

晚饭后，下雨了。在我看来，那是漫山遍野的细密雾粒凝结而成的雾雨，温和而潮润。

“快去泡澡吧。”伯母说。

“早泡过了。”堂兄努着嘴回答。

我一门心思捕虫，而堂兄用树杈做了一把弹弓，说要用它打乌鸦。就算打不了乌鸦，那也要用它把这儿的蝉消灭干净，落得耳根清净，可这样一来，我也就没蝉可抓了。最终，他说做一个靶子练习打蝉吧。我俩便在房里足足打了两个小时靶子，直到伯母实在看不下去大声呵斥，这才罢手。

年纪更小的孩子已经睡熟了，几个大人去了邻居家闲聊。伯母命令我快去泡澡然后睡觉，我便惴惴不安地独自沿着渡廊走到澡堂。电灯泡昏黄的光，照亮从出水口静静流淌出的硫磺泉。身体没入温泉水后，觉得自身以外的事物越发安静了。忧郁的水汽在澡堂空间内扩散开，这时水面轻轻响动，泛出微波，以至于水汽吃了一惊，回身飘落。过了一会儿，淅淅沥沥的雨声传入耳鼓。

“那只蝴蝶怎么样了？”我想，“一定是掉在山路上了，被雨打湿，一身泥水。”

正所谓失去之后才觉珍贵。每天东找西寻，好不容易才到手的珍稀品种，恐怕是可遇不可求的吧。深深的失望与懊悔交织在一起，我长时间委身于温泉的暖流中，眼神是空洞的。起身时，习惯性地因为轻度的贫血而头晕目眩，差点摔倒。我费劲地穿上裤子，把粗布毛巾往肩上一搭，沿老朽的渡廊走进主屋。渡廊的地板湿乎乎的，冷却了我的脚底。我坐在阳台的藤椅上，借着明亮的灯光，认认真真地用毛巾擦拭脚丫。伯母似乎已经睡着了。

阳台的玻璃窗上挂着不太干净的白窗帘，缝隙间闪烁着绿色的光，让我想起魔术师叔叔的那颗玻璃球。我动了心，起身揭开窗帘——没什么特别的发现，不过是一些山中司空见惯的金龟子被灯光吸引，叮在窗棂上。我每晚都能见到它们，不稀奇。然而就在这时，我忽然发现金龟子的旁边有一只长有斑点的天牛，威风凛凛地摇摆着两条长触须。再看天牛的一侧，几只金龟子扎堆，其中一只正啪地展开翅鞘往下坠。玻璃窗上方出现一只肚子大得可怕的蛾子，向我展示着有波点花纹的褐色翅底，腹部的绒毛摩挲着玻璃。接着，我掀开了另一张窗帘——斑斓的色彩和群虫的蠢动刹那间充斥了我的双眼。无数的蛾子，扑扇着由黄色、红色、土黄色鳞粉装饰的翅膀，奋力挣扎着要闯进房间里来。一只淡蓝色的巨蛾，仿佛是它们的女王，在窗棂上婉婉缓步。这期间，伴随着沉闷的振翅声，有金龟子飞过来，一头撞在玻璃上，摔了个四脚朝天。每晚都有形形色色的虫子趋光而来，可我从来没见过如此多的暗夜使者。我打了一个激灵，挨个将所有窗帘都拉开了——每一扇窗户上，都密布着色彩斑斓的虫子，它们就像约好似的一道来了，看得我眼花缭乱，沉醉其中不可自拔。

一时间，我看得入迷了——好一派灿烂辉煌！我仿佛喝醉了酒，飘忽迷离的视线追踪着每一只虫的动作，却没有动心思打开窗户逮几只中意的，只因眼前这一幕震撼人心的轮舞、令人眩晕的狂乱。依然不断有新的伙伴穿越浓浓的雾帐，加入这盛大的祭典中来。

过了一阵，我发觉自己正在这群不计其数的来客当中苦苦搜寻着什么。不用说，当然是白天捕获的那只银白色蝴蝶的身影。我明知蝴蝶是不会趋光而来的，也觉得这是痴心妄想。等我缓过神来，才意识到身体已经凉透了，视线却再次落在集结于玻璃窗外的访客们身上。大多数金龟子叠合被雨淋湿的翅鞘，趴着一动不动，发光的眼睛让人心里发毛——现在，我的注意力转移到虫子们的眼睛上，蛾子的眼睛发出更加诡异的光。它们微颤着翅膀，红珠子、绿珠子一般的复眼如炽烈的妖火，齐齐注视着我。我受了惊吓，要往后撤，脚却不听使唤了。那一刻，无数闪烁的眼睛宛如飞溅的小火花，占领了我所有的视觉。渐渐暗下来的视野当中，光与色彩恣意碰撞交融，与此同时，我的神志模糊起来，感觉自己的双膝缓缓地进行着一种无止境的弯折动作。

从很远很远的地方，传来了人的窃窃私语。“什么？他在说什么？”我渐渐苏醒。低语声离我越来越近，我忽然明白了，它是在呼唤我的名字。我心一横，扭头环顾四周，如水底一般黯淡的光亮中，许多模糊不定的形态层层叠叠，逐渐明晰起来，聚合成两张确切的脸——是伯父和伯母。我被回到家的大人们抱了起来。

“别怕别怕。”有人说话了。他们给我换上睡衣，其间，魔术师叔叔把手指贴在我的手腕上，皱着眉头歪着脑袋给我把脉。“脉搏是……说了你也不懂。”说着便松开我的手腕。

我的意识一片混沌，被大人们领着去睡觉了，看见邻床的堂兄睡得正香，不禁笑了。他的枕边放着凶残的弹弓，一只胳膊放肆地侧向伸展着，微微张开的口中，飘出幸福的鼾声。

* * *

春夏之交，家周围的栅栏旁，屋后的草丛间，可见一种很高大的野生植物，有些如大人一般高，叶片是心形的，边缘有裂口。将它覆着白色粉末的茎折断，可以看见中心是空的，柔软的茎髓中渗出药水一般的黄褐色汁液。

“这是做碘酒的原料。”堂兄说着，把汁液涂抹在我蹭破皮出了血的伤口上。疼痛似乎真的减轻了，而且不像真正的碘酒那么扎人，感觉高级多了。疗伤完毕，堂兄故意压低音量对我说，语气里带着威胁：

“今天的事情要保密。被人发现要坐牢的。”

接着堂兄告诉我，这是一种犯禁的行为，因为这些“草”全被生产碘酒的公司买下了。堂兄的手段虽然简单粗暴，但瞎猫碰上死耗子，我的轻伤就此痊愈也是常有的事。当然也有不走运的时候——伤口化了脓，表面结了一层痂皮，其实炎症还在深入。我坚信用草能治愈，闷头折来许多空心的茎，把黄褐色的汁液涂抹在伤口上。然而伤势并没有好转，伤口周围成了乌紫色，肿得老高，挤压之，乳白色的脓液滋滋渗出。大人们最终还是发现了我的秘密，领着我去了医院的治疗室——伤口被寒光凄凄的手术刀切开，排出脓液，再撒上气味甜腻的碘仿粉末，最后用清洁的纱布包扎起来。整件事情堂兄是没有过错的，全怪我无知。他津津有味地仔细观察着我含泪挨刀子。毕竟他言辞巧妙，行为油滑，很少被大人们抓住把柄。

“火星上哪有什么长颈妖怪呀。”堂兄对叔叔讲的故事嗤之以鼻。他用棒子顶着盘子转啊转，手段堪比杂技演员。与魔术师叔叔不同，堂兄所展现的，并非机关和障眼法，而是他健全的身体和卓越的运动神经。“火星上有长得像章鱼的火星人。火星才没有火呢，上面有运河。”正说着，他灵巧地用一只手按住空中旋转的盘子，撅起嘴吹响一段低俗的旋律。他的口哨悦耳动听，用他自己的话说，比十字路口指挥交通的警察的哨声更清透。此外，堂兄还很擅长模仿动物的叫声，也善于用一种粗野的腔调博大人们一笑，还精通耍单杠、做手工、倒立走三米。他甚至自称“鼠小弟”，请人用带子或绳子把他的手脚捆住，之后巧妙地扭动身体挣脱出来——这是他最得意的把戏。成功脱身后他扮个鬼脸说一句：“嗨，小小捕快，就那点本事，还想把我江洋大盗送进大牢不成？”

而我呢？我的胳膊太细，耍不了单杠；我的皮肤很白，是一种不健康的苍白；我使用小刀切东西，没切到自己的手才怪；我吹口哨，罄尽肺泡里的全部空气，也只能勉强发出“呲呲”的漏气声。我痛下决心练习吹口哨，最终落得个嘴唇突出。上了年纪的祖母口齿不清，含含糊糊地拿动物打比方：“你越来越像狐狸了。”

很明显，与堂兄比起来，我是个窝囊废，“想变成堂兄那样”的愿望逐渐在我心中扎根。堂兄的学业一塌糊涂，比我高两年级，却屡屡指使我替他写作业。尽管如此，在那个迫切的愿望面前，一切优越感都可悲地褪了色。我为了让皮肤黑一些，尽量在烈日下步行；在学校，强迫自己参加一些粗野的游戏，努力让自己的身体这里青一块那里紫一块；家附近的空地上一群孩子玩棒球，我求情才得以加入其中，大部分时间坐冷板凳，只有在棒球掉进草丛中不见时，我必须甘当“捡球员”。

不料，一起偶然事件改变了我。这起偶然事件，是以一个人物的姿态来临的。起初，此人别说是个“人物”了，就连存在感都稀薄得很。其实，那是个二十岁出头、块头挺大的送报员。他每次经过空地，必定凑过来，在他那胖嘟嘟的脸上堆积出谄媚的笑：

“哎，求你们了，就给我打一棒吧。”

我们不胜其烦，顶了回去：

“不行不行，要紧关头呢。”

对方脸上的表情越发松弛柔和了，卑微得好像他背负了这个世界上的一切委屈。

“求求你们了。就一棒，打一棒就行了，好不好？来，给你们这个。”

说着丛口袋里掏出叫作“糖弹”的糖果递给我们，人手一粒。他成功地讨好了孩子们，半道加塞参加进来。胖乎乎的他手持一根细小的儿童用球棒，站在击球区，大喝一声：“来吧！”说话间扭了扭腰，肥肉乱颤……可惜击球失误，他又谄媚起来：“哎呀呀，再让我打一棒嘛，求你们了。”不停地点头哈腰。

谁也没想到，几天时间过去，这家伙驯服了所有来空地打球的孩子，自封“领队”。从那以后，他不再点头哈腰，不再给我们吃糖弹，对小队员颐指气使。孩子们一旦出现失误，就会招来一顿刻薄的臭骂。我不明白事情怎么会落到这个地步，总之这时的他，俨然是个“人物”了。

有一天，他召集全体队员，说要和其他球队切磋，需要更多的投手，现在开始选拔。

“来来来，我来接球，每个人投十次！”他用威严的目光把我们扫了一个遍。选拔是严格的，每投一个球都会招来领队的怒斥：“怎么回事？你往哪儿投啊？就这德行还想当投手？”

轮到我了。我从来没当过投手。瞄准领队的棒球手套，我全力投球，球几乎是直线飞行的，可是飞了一段后却偏向右边了。下一个球沿袭了上一个球的路线。这时领队站起来了，把我吓了一跳，不料他竟然说：

“你小子，还会喷射球啊。好，这次来个直球。”

我竟然投不出直球！除了外角球，我投的全是喷射球。

“你这是天生的喷射球投手啊，难对付，不错。控球能力也很好。行，你来做王牌吧。”他的话里夹杂着不少怪里怪气的术语。

解散前，领队没忘语重心长地关照我——一个被意想不到的荣誉冲昏头脑的主力投手。“保护好你的肩，懂了吗？”

话说回来，我在学业上还是小有自信的——那不过是一种阴湿、忧郁的自信罢了。如果能够用放弃自信来换取堂兄的一个才能，哪怕是全部放弃我也乐意。不过在绘画方面，我还是相当肯定自己的能力的，并不是因为我拿了好多奖，而是因为我热衷于把握种种物体形态的魅力，识别乍一看是单一色彩之中蕴含的微妙的色彩混合，乐在其中。

就在我被选为主力投手后的某一天，我放学后留下打扫教室。老师结束了检查，同学们也回了家，整齐排列的课桌椅营造出教室特有的空旷感。我坐在桌子上，重新系了系运动鞋的鞋带，漫不经心地看了看四周。教室的后墙上贴着优秀书法和图画作业。老师打了四个圈的优秀作业全都贴上，后来贴不下了，便留一两张特别优秀的，撤下其余。眼下，后墙刚刚整理过，只留下六种图画，共计十张，其中我的作品就有六张。

忽然，一种非常孩子气的、近乎愤懑的感情，没来由地占据了我的大脑。

“这个班上一共六十个人，”我心想，“我一个人比其他人画得都好。就我一个人最……”

我正探出身子专心看画，忽然感觉到体内有一个东西，让我的皮肤酥酥痒痒的。要唬住它几乎不可能，它不住地催促我，在我耳边低语：“快去画画吧！尽你的全力画！”那一天的下午有图画课，我们用粉彩笔画了花瓶，下课后老师在花瓶里插上百合花，想必是为高年级的图画课准备的。

我仿佛受人摆布的木偶，一只手提着书包，走过静悄悄的过道，朝二楼的图画教室里望了望。空荡荡的教室里摆着四张台子，上面摆着幽静的百合花。我悄悄迈进画室，从书包中取出画纸，在一朵花前落座了。“即使被图画老师发现，我也不会挨骂的。”这个念头令我胆壮。等心情平静下来，我画起素描——不满意，放弃重新画。这一次，我直接从百合的花瓣画起，有一片花瓣与实物相比显得扭曲古怪，却合我的心意。柔软的粉彩笔跟随我的手，在画纸上恣意游走。涂白了的花瓣，用指甲盖用力一压一蹭，就呈现出亚光的效果（我画过一幅后来送展的枇杷图，图画老师就是用这种技法替我润色的）。作画间，走廊那边偶尔传来的脚步声、从校园传来的缥缈的嬉戏打闹声，全都听不见了。从我开始描绘百合花那成熟了的花粉囊，就忘却了自己的存在。花瓶、茎、叶，我几笔勾勒打发了事，这样做就能凸显出稍稍歪斜的巨大花朵。我只热衷于画花，黄昏时分的光线、雄蕊雌蕊的阴影、作为背景色的绿布，三者共同营造出微妙的色调，反映在花瓣的白色上。我渴望画出那难以把握的阴影。自窗流入的光线渐渐暗了，阴影也随之刻刻不停地变化着，身为画者的我似乎也在变化。正因为如此，眼下如火如荼却是徒劳的努力好像永远不会结束。我摆脱不时侵扰我的咒语的束缚，缓过神来的时候，发现画中的百合花慢慢变成一种怪异扭曲的东西，和台子上的实物相去甚远。花瓣已经不是白色的了。那还是百合花吗？我甚至不敢确定。我只知道，自己已经为这副出自自己笔下的奇特画像陶醉，画中荡漾着深不可测的妖魅，反观台上的真花，是多么无趣呀。我若是燕尾蝶，一定会扑向画上这朵色泽不明的花，在红得发乌的花粉中翻滚撒欢，花香令我窒息……

不知时间过去多久，我回过神来时，发现教室中已经很暗了。我虚脱了，筋疲力尽了，累积的疲劳令我身上的每一个关节都发酸。我甩了甩昏昏沉沉的脑袋，稍稍欠伸，漫不经心地看着自己的画作，只见一堆乱糟糟的灰黑色色块，方才的兴奋已然不在。然而细细看，这幅一塌糊涂的作品中，包藏着令我满足的成分。我把画对折，与粉彩笔一起塞进了书包。

身体和心灵都累极了，离开画室来到走廊，真想一屁股坐下。我回味着空虚，站在窗边朝外望去。天空仍然是亮的，而校园中已经是暮色沉沉，连一个人影也没有，在澄澈的黄昏天空映衬下，更显孤寂落寞。刚才我沉迷于作画的时候，别的孩子玩耍得多欢啊。我往上驮了驮书包，走下嘎吱作响的楼梯，一阵不可思议的悔意袭来，它对我说：

“画画无聊得很，没什么好处，赶紧厌弃吧。”

我努起嘴要吹口哨，却只发出“咝咝”的声音。

孩子所具有的丰富的可能性，逐渐将我改造成某一种类型的少年。其间我付出的努力也是可圈可点的，至少从我的外表上，已经找不到将我与其他活泼少年区别开的地方了。我已经能模仿堂兄所具备的种种能力，还是少儿棒球队的称职投手——尽管如此，我偶尔也会经历觉醒的一瞬间。

……我之所以会跌倒受伤，正因为我是一个勇敢而敏捷的少年。小伙伴们在附近的山丘上玩抢地盘的游戏，我一心争功，在没有路的矮竹丛中绕了一大圈，企图在敌人身后发动奇袭。无谓的动机驱使着我，就在跳越一片洼地时，被蔓草绊了脚，当即摔倒。想必是磕到石头了，我的膝盖又疼又麻，一时间竟站不起来了。我艰难地坐起身，朝失去知觉的腿上望去，只见伤口沾着泥，鲜血汩汩往外冒，与泥土混合，在小腿上慢慢地绘出图案。我取出手帕按住伤口，可是一松手，眼看着新血又冒出来了。这血的颜色，在我的体内酿造出了一种与以往截然不同的心情。去医院药房玩的时候，药剂师常用红葡萄酒和透明的糖浆勾兑饮料招待我，我觉得这种甘甜的饮料好像血液。而当下，从我的膝盖流出来的，却不是那像血液的饮料，而是一种外界不存在的东西，一种用绘画颜料绝对调配不出来的东西。此时此刻，我切实地感受到：倒在地上的自己和眼前自己的手脚，都是特殊的、个别的东西。我隐约领悟了：这副皮囊，不仅不同于周身的草石，也不同于远处嚷嚷着玩耍的其他孩子。“这就是我自己。”我现在站起来，重新加入他们，会不会有些生分，不像刚才那样亲密无间呢？伤口越来越疼，我用手帕按住，久久地蹲着。黄昏悄然迫近。抬望眼，天空和云彩低调地变了颜色。

然而，这种思绪就像晚霞，美丽却缥缈。血止住后，我回归队伍，方才的奇妙情绪顿时烟消云散。我英勇战斗，决出胜负后吃事先藏好的点心。至于膝盖上那团乌紫的血块，我骄傲地展示它，就像它是一块勋章。回忆当时，我真心觉得，如果生活就那样持续下去，说不定我已经是专业运动员了，再不济，也是马戏团的台柱子。我不再像以前那样，呆呆地倾听枝头叶片相擦的微响，也不再长时间凝视颇有深意的甲虫翅纹了。

然而，不久我便迎来一场大病。在我心目中，这场病就是命运本身。疾病，用它那冰冷的手牵住我的手，领着我回到了另一个世界——那个我非常熟悉，熟悉得让我想逃的世界。“命运”这种东西，也许从人形成的那一刻起，就已经包含在行走全身的血液之中了吧。

*　*　*

悠闲啃食桑叶的蚕，时不时不安地抬起头；在人的一生中，也会有若干次类似的体验。就好比到了某个季节，高原的大气就变得异常清透，在那个时期，我们的感觉变得非常敏锐，敏锐到能够从过去和现在的阴影中，找到自己存在的意义。曾经一看而过的事物，如今发生了变形，在我们的心目中变得无比珍贵，而非生命中的匆匆过客。这种感受不是一种艰涩的概念，是一种预感、一种启示、一种疑惑，向我靠拢，与我亲近。

这个时期常常是伴随着“疾病”到来的。疾病，拥有与死亡相通的气味，是一切自省的母体。人发高烧，精神恍惚间偶尔会窥见未来；一阵剧痛过去，病人的眼眸变得清澈而深邃。在被发汗和虚弱折磨得奄奄一息时，人便会理解，“死”并非埋伏于遥远的生命之涯，而是存在于“生”的反面。它与“生”永远共存，却时不时把脑袋探到“生”这边来。在这种身心异常的状态下，构成人的诸多要素反倒会显出真容来。

且说冬日里造访我的那场病，来势并不汹汹，没有发出危险的讯息。相反，它来得很低调，有些漫不经心。它没让我发烧，没让我昏迷，也说不上不痛苦，却随着时间的流逝，忠实地完成了它的使命。我得的病是急性肾炎，痊愈需要几个礼拜或几个月，一年多才痊愈的人也不罕见。

一开始，这病的症状便和以往的感冒不同。裹在难以适应的冰冷被窝里，我一直竖起耳朵听，直到把被窝捂暖和。感觉十分乏力，就连挪动身体都很吃力，直觉告诉我，这回的病来头不小。我咽着唾沫，心想："是不是要死了？"我不确定当时是不是联想到了姐姐的死。症状只是乏力，不痛苦，也没有热度。"大概死不了吧。"我自言自语，觉得自己挺窝囊的。

事情发生在临近寒假的一天早晨。几天来我一直浑身乏力，当天更甚，正犹豫是否该去上学，魔术师叔叔头一个发现了我的症状。那一年，他备战毕业考试，休假回家后潜心用功，连上厕所都不忘复习课堂摘记。说不定立下功劳的，就是那本笔记。当他的视线落在我那已经开始浮肿的眼睑上时，这个医专生流露出前所未有的严肃神情，恐怕他在表演那些复杂的魔术时，也从未体验过眼下的这般期待和恐惧。叔叔马上取了我的尿样，请人铺好床让我躺下，随后跑去家里的医院叫来资深的大夫。

身穿白大褂的大伯赶来了，仔细检查起我的身体，用手指按了几次我的小腿和手背，将血压计绑带缠在我的胳膊上。且看魔术师叔叔，他拿着底部有白色沉淀的尿样试管，乐开了花——这么说有些对不住他，总之是兴奋异常。他身为未来的大夫，一眼就给出了正确的诊断，心情自然是无法平静的。看他坐也不是站也不是，耳朵不时颤抖几下，咕哝几句外国话，厉声要求围观的女孩子们“保持安静”。殊不知在场者当中，就数他最不消停。

“中午煮粥吗？”

阿婆发话了。她非常担心我，一开始便坐在我身边，寸步不离。

“还是别吃的好。”伯父说，“静养要紧。”说着盘起听诊器，递给护士。

“煮粥也不能放梅干和松鱼花，咸的东西、肉、鱼都不能吃。总而言之，就是严格限制盐分和蛋白质的摄入。”魔术师叔叔兴冲冲地补充道，耳朵也没少抽搐。这时站在大人身后的看热闹的堂兄（他已经是个初中生了）问道：“净……痒……是什么意思？”惹得一群人大笑。

我好像迷迷糊糊地睡着了。这种睡眠并不是贪婪地索求安息，也没有频繁地往返于梦境和现实之间，而是一种被意味深长的静谧所支配的睡眠，它将我包裹起来，让我疲乏懈怠。或许在睡梦中，我们的内心深处舒展开，悄无声息的移动开始进行，意识和潜意识、获得之物与原初之物交错相叠，从而形成各种各样的知觉。我隐约觉得听到了外物的声响，那声音真的是来自外界的吗？没等我搞明白，便委身于汹涌而来的沉沉睡意中了。我夜里睡不安稳，白天却一直打盹直到黄昏。我的身体被设定在睡眠状态，睡眠轻轻地将我煞费苦心学会的附着物冲洗掉，直到我的灵魂开始呼吸。醒后，四周很暗，窗外有浑浊的微光。世界竟然如此安宁，空气中荡漾着未知的新鲜气息，时光逡巡沉滞。我轻轻抱拢枕头，感觉自己似乎变回小小的婴儿了。假如世界上只有我一个人，我或许会回忆起早已忘却的二三往事的。

然而没过多久，灯亮了。阿婆仔细看了看我的脸，问我要不要喝粥。我点点头，她便一勺一勺地将稀薄如米汤的粥往我口中送。粥是微温的，仅此而已，没有任何味道，这让我想起早晨叔叔说过的话。我不太饿，很快便推开勺子，用吸管喝着茶水，觉得挺好喝的，心想这要是盐水该有多好啊。“咸的东西不能吃。”这个念头令我更渴望吃到盐。回想起来，我有两年多没感冒了，怀念起感冒时喝的白粥当中梅干洇开的鲜红色……我向阿婆示意不想喝了，闭上眼睛。

有动静。我睁开眼，原来是魔术师叔叔在我枕边坐了下来。

“怎么样？”叔叔小声说。

他温柔的语气中不乏忏悔，想必是在反省刚才兴奋过了头，没考虑我这个生病侄子的感受。更何况他明天就要出发去参加毕业考试，不能照料我了。从他的表情和说话的口气，我感受到他放心不下，便挤出一个微笑，然后轻轻地问他：

“什么时候才能吃梅干呀？”

他把手搁到我的脑袋上。

“这个嘛……病情严重的话，大概还要再过一段时间吧。”

“多久？半个月？”

“嗯……十来天吧。”

我看穿了他在说谎。我明白了，估计还有半个多月吃不上梅干。接着点了点头，把目光转向熏黑的天花板，看上面波纹形状的木节眼。

我几次看见窗外下着雪。雪下得又密又急，偶尔看起来似乎在往上升腾，仿佛时光倒流。窗户限制了我的视野，我只看见雪或打着旋，或垂直落下，落在线条刚硬的围墙上，落在远处的房顶一角，落在赤裸裸的银杏枝条上。一忽儿是细碎的小冰屑，一忽儿形似鹅毛，一忽儿又是夹杂着雨。在我印象里，和往年比，今年的雪特别多。雪停了，万象换新装，围墙和屋顶上，积雪白白的、蓬蓬的；银杏的秃枝上，满是如梦似幻的结晶和膨起。它们或偶遇冬日的阳光，反射出耀眼的光芒，或在黑蓝色夜空的映衬下，冻结成严峻的形状。如果雪下得再大些，积得更多些，那么一切活动都将暂停，万物陷入深沉宁静的冬眠，甚至连时间也会止住脚步吧。

日子过得极其平和而单调，房间里看不出任何变化。我的身体没有疼痛，也没有热度。挂在火盆上的铁壶终日响着水的沸腾声，天花板上的木节眼一成不变。我一天中要数好几遍木节眼，想象其中的几个呈现出人和动物形状，以此弥散心中郁结。我还久久地观察短暂而黯淡的阳光在隔扇门上缓缓移动。我一味地躺着，观察事物——蒸汽冒出铁壶口那一瞬间的形态、窗外那随天色变换阴影的银杏枝条……就这样，日复一日，周复一周，时光悠悠流淌。

身子渐渐有了气力，一日三餐成了我最大的盼头。可惜，饭食仍旧是淡而无味的。有一种专供肾病患者食用的无盐酱油，一股奇怪的药味。还有一种奇妙的“无盐盐”在市面上有售，那种白色粉末的味道辣舌得很，和真正的盐相去甚远。

阿婆一如既往，用乏味的白菜叶裹粥喂我。她将食物放在“无盐盐”里蘸一蘸，塞进我像乞食小鸟一般张开的嘴里。“这个胖，是大伯伯，这个瘦，是……”我不想让她担心，绝口不提梅干，但那酸酸的味觉记忆却每时每刻引逗、折磨着我。堂兄起初还老实，时间一久，就说些不体恤人的浑话。“今天晚餐是饭拌咖喱？不对，是咖喱拌饭吧？”接着眼珠滴溜溜转了转，一本正经地问阿婆，“那玩意儿是叫饭拌咖喱，还是咖喱拌饭呀？”阿婆发起火来，撵走了他。

我似乎病得很重。尿样中投入试剂，立即呈现出乳白色的浑浊。用显微镜观察，还是能发现大量的红细胞。过了一段时间，我彻底放弃了对咸味的向往，将兴趣转向绚烂的色彩。在我脑海里，这些色彩时而是盛夏阳光中盛开的百日菊，时而是彻夜鸣啼的蝈蝈的透明翅膀，时而是草地上嬉戏的甲虫。

我想起去年夏天制作的昆虫标本，那是学校留的作业。当时的我，热衷于打棒球、转盘子，并没有用心制作。应付归应付，我还是在两个标本盒里摆上了长着硕大下颚的象鼻虫、琉璃色的小灰蝶以及有红色后翅的天蚕蛾。如今回想起来，那些虫的形态、鳞粉的光芒，无不超凡脱俗，简直不似这世间之物。我马上请阿婆把标本盒从壁橱中找出来，仰卧着，满怀期待地透过冷冰冰的玻璃盖板看藏品，紧接着就体会到了无以言表的失望：蝴蝶、蛾子和甲虫，全都发了霉，有的还被蠹虫咬坏，这个折了触角，那个破了翅膀。我皱起眉头，心想："太惨了吧。我要去采集昆虫，重新做一盒漂漂亮亮的标本……哦对了，现在是冬天，再说我还下不了床呢。"我侧着脑袋望窗外，天空阴沉欲雪。接着，我又乖乖地把脑袋搁回枕头上，眼望天花板。我已了如指掌的木节眼勾勒出陈腐的图案。

有一天，窗外的天空清澈透亮。当天喜事接二连三。首先是小便中蛋白减少了，我获准吃一些白肉鱼，还可以下床稍稍走动了。然后是忙于毕业考试的叔叔寄来一个包裹。打开一瞧，是一本厚重的书——一本满载各种昆虫彩色照片的图谱！我感觉眼前一亮，用颤抖不止的手翻动书页，吸一口沁人心脾的新鲜墨香，望着珍稀昆虫的姿态出神。最让我欣喜的是，图谱所收录的昆虫当中，有相当一部分我已经了然于胸了：有体形硕大的淡蓝色天蚕蛾，还有拖着蜘蛛走的黄红色翅膀的蜂类……照片一旁标注了它们的日语名称，还写着我看不懂的学名。我激动得面红耳赤，贪婪地识记起那些熟识其形但不知其名的昆虫的名称来：造访山百合花的美丽凤蝶名叫“绿带翠凤蝶”，和魔术师叔叔争论过的象鼻虫叫“锹甲”，振动火焰一般的翅膀、在红土上来来往往的狩猎蜂是“黄带蛛蜂”，初夏时节后院大量涌现的昼间活动的飞蛾叫“黄足毒蛾”。这本图谱扎扎实实地满足了我的对昆虫的憧憬，这就好比一群花容月貌早已深入我心的不知名少女，第一次从她们那矜持的嘴唇中吐露芳名。

我翻到其中一页，精神为之一振。这种不可思议的感动，我曾经体验过多次——是那只总也忘不了的小蝴蝶！图片上，它展开浓艳的暗红色尖翅，而腹面则闪烁着银白色。照片一旁写着它的名字“尖翅银灰蝶”，好像不是什么珍稀的品种。激动和惊喜过后，一丝失望掠过心头。一是本以为它无比珍贵，却被打上了“常见品种”的标签；二是图片虽然精美，但远远没有表现出活物翅膀的那份灵动扑朔。也有可能是因为我知晓了不该知道的事情。“认识”有的时候是很残酷的，会将神秘感产生的光辉遮掩大半。

失望归失望，我反复阅读昆虫图谱，几乎把每一页的内容都记下来了。某种形态、某种色彩，无不令我陶醉。这时，我隐约感到，自己有了感触，有了思考。也许，我一直下意识地追索我所脱胎的昏黑的母体，摸索塑造自己的深邃大气。时间缓缓地流淌着，尽管不知道它流向何处，但就是它，让我的尿液澄清了，脸色也红润了。

过了整整三个多月，我总算能起身了，在家中四处走动以消磨时光。我常常涉足一位堂姐的房间，她是女校的高年级学生，不喜欢和我们一起玩，所以我趁她不在的时候溜进去。她酷爱读书，书架上，抽屉里，满满当当的全是书。她常常翻开其中一册，一边读，一边小口咬着一大块巧克力。或许她是为了吃巧克力才读书的吧。

我由着自己的性子，从壁橱中翻出童话书，欣赏起五彩缤纷的卷首插图。我不喜欢读文字，专门找有图画或照片的书来看，时常被书中的骑士、公主或妖怪的形象牢牢吸引住，一看就是大半个小时。栖息着妖魔鬼怪的城堡废墟，和昆虫的形态一样揪住我的心不放。看完后我就把书放回原处，匆匆逃离现场。

有时候我把脑袋探到壁橱深处，那里有一叠胡乱堆放的杂志，我费了一番苦功取了出来。原来是堂姐曾经热衷的少女歌剧杂志。我随手翻了翻，倒也发现了一些有趣的内容：一大群身穿草裙的黑人在跳舞，还有佩剑的王子骑着真正的马……不久，我的目光停留在书页一角的一张小小的圆形照片上。那是一位纯真少女的头像。她那乌溜溜的黑眼珠很和气，半边脸开心地微笑着，挤出一个小得不能再小的酒窝，另一边脸则是一本正经的，甚至有些忧郁。我喜欢上了这张脸。此时此刻的心境，就像是欣赏捕获的虫子，被那微细的造型和花纹所陶醉，越看越中意，越看越入迷。这张脸明明是初见，却很眼熟，意识到这点之后，我总觉得那是一副藏在内心深处的面容，便查探起记忆，终究一无所获。

我承受着巨大罪恶感，做出一件非常出格的事情——用剪刀裁下了那张照片。杂志中处处有堂姐剪裁的痕迹，我的所作所为不会被发现的。我把薄薄的圆纸片拿在手中，考虑该把它藏在哪儿。我从自己的抽屉中找出一本茶褐色封面的老旧日记簿（两年前买的，写了个把月的日记就不了了之，这期间大部分也只是写着“玩、学习”），小心翼翼地把少女的照片搁在铅笔写的“玩、学习”上，歪着脑袋合上封面。

从那以后，我时常取出日记簿，翻到夹着圆圆照片的那一页——不知不觉、不由自主、不抱目的，就像以前把中意的虫子放进玻璃瓶一样，久久欣赏而不厌倦。

第三章

寒夜无边。“夜”不是单纯的黑暗，它更像是一种生物，蹲踞在城邑风貌尚存的古老民居的屋檐下，又从我断断续续的脚步声中升腾。它或在结冻的大地上缓缓地四处爬行，或聚成一团挤挤挨挨，或包围住路灯那孱弱的灯光，企图将它熄灭……

沉睡的城市收敛起气息，沉重憋屈的气氛充斥四周。我尽量放轻脚步，“夜”还是敏锐地觉察到了，围聚过来。一只脏兮兮的灰狗冷不丁从一侧的小巷里跑出来，耷拉着尾巴，冻得够呛。它跟随我，嗅了嗅我的足迹，又昂起脑袋，咂吧了两三下嘴巴。饥饿的狗，或许想吃掉那遁走的脚步声吧。

不知不觉地，我走到了壕沟边上，沟中的少许积水结了冰，反弹着我的脚步声……听，远处不是还有一个沉重、疲累、拖沓的脚步声吗？我的视线透过黑暗，瞧见一个弯腰驼背的老婆婆正向我踽踽走来，像是迷了路。走了五六步，她停下来，侧着头重新握了握手中的拐杖，像是在倾听周遭细微的声响。

我顿时想起几年前去世的祖母。她年纪实在太大，话也不会说了，耳朵也听不见了，过着活死人一般的生活。她不再说别人的坏话，却像是一种过于长寿的生物，让人心里发怵。她开始对染发剂过敏，不再染头发，自从那以后，她的头发便是彻彻底底的白色，让我联想到某种毛毛虫的长毛。祖母不笑，也不生气，嘴里时不时咕哝几句，除了照看她的护士，别人是听不懂的。她喜欢坐在檐廊下的藤椅上，一坐就是几个小时，其间用吸管吸食果汁，心思被外界的响动所牵引。听说祖母会把听到的奇怪声音悄悄地告诉她偏爱的护士……接着，我又想起了祖母棺材四周飘荡着的、闻不惯的气味，也就是“死”的气味。它在馥郁的花香间穿梭，流窜到站在大人身后的我的身边。我想好好闻一闻这气味，便活动起身体来，以至于体内某处的骨骼嘎吱作响。倘若祖母一息尚存，想必也会被这微响惊动，竖起耳朵来听……

老婆婆走过来，紧挨着我走了过去。就在与我擦肩而过时，她仍然直视前方，似乎根本没注意到我的存在。这让我不安——那一段时期，我经常会产生一种不安的感觉，仿佛自己变得像影子一般暧昧模糊，丧失了现实性。于是我赶紧吸了一口气，难以形容的凛冽寒气呛了我的嗓子，当中夹杂的“夜”卡在我的喉咙口。我悄悄地回望老婆婆的背影，她的驼背上已经爬满了“夜”，说不定当中还混进了一些“死”。

老婆婆消失在黑暗里，她那拖着脚走路的脚步声被寒气冻结。这时我发觉周围愈发寒冷，愈发黑暗了。我抬起发僵的脖子，想在苍穹中找到能给予我救赎的星光，可惜今晚的夜空中没有一丁点光亮，只有猖獗的“夜”。耳垂被刀割似的生疼，是“夜”在戏弄我吗？我看见自己吐出的气息白白地凝成一团，在一瞬间塑造出某种形象。与此同时，似乎有什么东西和气息一道逃出了我的身体，剩下的我不过是躯壳罢了。我甚至失去了思考这幅躯壳是不是自己的力气。这种情况下，我即使发出声音，做一个动作，也像是别人在发声，别人在做动作。“那病又犯了……”我的心底尚存一丝意识，身体却只能虚弱地站在原地。

刹那间，身旁树木上未落的枯叶发出干燥沙哑的声响，树木的枝条咿呀作响，震颤起来——起风了。

这是松本盆地特有的凛冽寒风。每当万物冻结的深夜来临，这狂暴凄烈的风仿佛从远方连绵如幻、披冰戴雪的阿尔卑斯群峰上倾泻而下，好似巨大的魔神跳进人间，恣意飞翔，横冲直撞，直到黎明方才罢休。一波疾风打了头阵，随后很快响起物体弯折的吱呀声、喧嚣声，呜呜呼啸的风声……转眼间，我被自然界的齐响包围了。破旧的斗篷完全抵御不住刺骨的寒气，但这种感觉告诉我：我现在还活着。我拼命用双手拢住斗篷，运动起总算恢复了知觉的双脚，小步行走在小巷里。若不是自然的暴力鞭挞我，或者说警醒我，我恐怕会整晚受着“夜”的胁迫，信步而行，迷失在这无光的街市中吧。

过了一会，狂风戛然而止。任何细小的声响，任何细小的动静，全部消失了。方才的纷扰狂乱，就好像从来没有发生过。好安静，安静得能清晰地听见自己的心跳。夜围绕着我，默无表情地占领世界。我感觉在夜的深处有无数只眼睛窥视着我。

我怎么会陷入如此荒诞的妄想呢？不知何时起，我就像是石器时代的野蛮人，觉得“夜”是可怕的，是不祥的……不，这跟时代没有关系。或许在懵懂无知的孩子眼里，“夜”永远不会失掉它的神秘性。话说回来，我早已脱了稚气，是个虚岁将满二十的高中生了。

我不太确定自己走过了哪些地方，最后总算是走到了宿舍。房间内比室外更加黑，致密的黑暗拂着我的脸颊，顺着领口爬进衣服。我赶忙伸出手去找台灯。我仿佛在心中清晰地看到纤细而冰冷的指尖如何在黑暗中摸索，不禁想象会不会触碰到一些意想不到的东西。曾几何时，我体验过与之近似的感受。那是在哪儿呢？又是什么时候的事情呢？可能是很久很久以前吧，说不定，是我出生之前的记忆。

好不容易才点亮灯。我打心眼里累了。眼前，凌乱不堪的被褥毫不掩藏它的冰冷彻骨。不难想象自己钻进被窝后的惨状——蜷缩着腿，努力入睡而不得偿。我因此焦躁不安，宁愿做一个哪怕是充满恐怖色彩的阴森森的噩梦，因为梦是睡眠的结果。我是多么渴望得到哪怕是一丁点儿的睡眠啊。

在战局最紧迫的时候，我独自一人来到了信州，在那里迎来了日本的战败，接着迎来了粮食紧缺的秋冬时节。这段时间里，我一直是“生着病”的。如果把年幼时折磨我半年之久的肾炎称作肉体上的病，那么如今即将步入弱冠之年的我身上所呈现出的不安定的症状，可以说纯粹是精神上的病。

这一幕街景，也许产生于我的内心。

街上的每一个人，看上去都是那么的暧昧模糊，没有生气，却无一例外的行色匆忙，或匆匆走过街角，偶尔瞥一眼空空如也的店头。人们来来往往，仿佛仅仅是为了走路而走路。与此形成对比，偶尔也有一些极度无精打采的人，或颓废地歪着脑袋，或呆立路边皱着眉头啃指甲。指甲是什么滋味，我不知道。总之那人严肃地皱着眉，一只手插口袋，专心致志地啃指甲；另有一人懒懒地歪着身体，眼神却是灵动的，时不时耸耸肩，好像身上害了跳蚤。我心想，他一定是在思考比跳蚤更重要的事情吧。岂料他接着慢悠悠地弯下腰，拣起了外国兵刚扔掉的香烟屁股。这时，又有一位头上裹白布的老人踉跄而来，大概是头部受了伤。一位年轻女子扶住老人的手，目光却不关照老人，眯着眼看前面，一副昏昏欲睡的样子。她似乎觉得必须这么做，否则会发生什么不好的事。老人被年轻女子牵着手，身体前倾，艰难地迈动腿脚。那两条腿，一定是用铅铸成的，异常沉重吧。我在一旁看着，感觉连自己的腿也麻木了，又僵又沉。

有时候走在街上，我甚至搞不清楚自己究竟是死了是活着。不知不觉间天黑了，黑暗朝我步步进逼，很快就把我吞没了。从远方飘来些许雪花，在我的周身飞舞。突然，我的存在感变得稀薄起来。我明白，有一个类似于“我”的东西存在着，然而它真的就是“我”吗？我不敢确定。任何东西，都可以代替“我”站在这里。

“喂。”我对自己说。因为我担心可能发不出声音来了。

“喂。”有人回应了。这声响无疑来自我的体内。我漠然地思考起在我体内筑巢的“死”。

诚然，“死”亲近幼儿，也亲近年轻人。战争时，每个人都忘记了潜藏于自身内部的“死”，直到与“死”毫无关联的金属碎片把“死”从自己的身体里挖掘出来。如今，沉郁的和平到来了，人们这才想起自己的“死”。旧制高中那充斥着霉味的空气，无疑是诱发那种情绪的最佳催化剂。

一天早晨，一个年轻人，躺在床上，凉了。朋友们很有默契地静静围聚在他身边，个个神情木然，或坐在死者枕边，或低声谈话。他们若无其事地谈论着死者的生平，其实占据他们大脑的，并非死者本身，而是死者所拥有的“死”。为了不让“死”觉察到这一点，他们故意用了一些隐晦的措辞。其中一人皱着鼻头，乍一看很滑稽，在我看来，那是人类所拥有的非常古老而贵重庄严的本能。另一人脸上泛着懒散的微笑，很唐突地讲起“烈日下的战斗”。他身旁的这位——脸上蒙着纱布、僵直躺卧的死者，也曾经在太平洋的珊瑚礁上战斗过。那时的他，洋溢着生命，从没想过自己的“死”。枕边的桌子上，放着一个装了药的玻璃容器，没有人去关注它，仿佛它与眼下的情状毫无瓜葛，不过是一件无足轻重的什物。这种事情，在将来的很长一段时间里，会反复发生吧——直到柔软的皮肤失去了弹性，随着年龄的增加逐渐疏远了自己的内心世界。

我一句话也没说。即便是在其他场合，我也没有和别人进行过一次像样的对话，而眼下，我更是懒得开口，只是闻着“死”的气味，走出了房间。头和往常一样沉重，抬望眼，只见白色的太阳昏昏沉沉地飘浮在薄薄的雾霭中，两三柱日光透过缝隙泻下，不时改变着位置，堪称妩媚。

我知道自己病了，不仅如此，我发觉所有人都病了。可是你看，呆坐在店头照看生意的女人，电车中笨拙地环抱双膝的男子，都是出人意表地气定神闲，真不可思议。似乎只有孩子，能敏感地嗅到潜藏于自身之中的某种东西。黄昏时分，我走在路上，时不时能听到他们断断续续的声音，兼具害怕和拒绝的意味。这时，一种我早已熟识的“可怕的东西”复苏了。很久以前，它就在我手背上浮现出的细细静脉上爬行，或附着在我没有血色的指甲尖，有时又伫立在门后面或是醒来时的枕边。这些细节大人们早已忘却了，徒长了身高的我却总记得，这样真的好吗?

我偶尔会去学校。教室中没有生炉子，我坐在硬邦邦的椅子上，听似乎也饿着肚子的老师教似乎是德语的外语，或者机械地在笔记本上抄写高等数学的板书，感觉自己所有的能力都退化了。同学中，有的人比康德更懂哲学，比荷马更富诗性，比泰奥弗拉斯托斯更加雄辩，或是阅读一些看起来特别深奥的书。我也翻开自己的书读起来——是少年探险杂志中那种关于宇宙大战的小说。小说里的火星上没有长颈妖怪，也没有形似章鱼的火星人，只居住着一种叫作蚁人的高等物种，他们是由蚂蚁进化而来的。他们驾驶宇宙飞船袭击地球，挟持了人类。但地球人也不是吃素的，在蚁人的飞船中发起了暴动。可笑的是，自诩科技发达的蚁人，竟没有一件像样的近战武器，他们的武器只有钉耙。蚁人的个头只有人类儿童般大小，此番肉搏战将以地球人的胜利告终。且慢！不远处有一扇轻金属的门悄无声息地打开，体形比方才蚁人大三倍的一群行军蚁，挥舞着有方才钉耙五倍大的大钉耙冲过来了！……我笑了。听到自己的笑声，我这才意识到自己很久没笑了。“原来人还是会笑的啊。”我忧郁地想。

我尽可能地参加将校园复耕为田的劳动。劳动结束后，我信步走在大街上，望着各怀心事的行人和扎堆在黑市的人们。小时候我常常想，自己长大之后也能加入到那群人当中去，然而真的长大了，才发觉自己跟他们之间是那么的疏远。我扛着沉重的脑袋快步行走，仿佛被人操纵的木偶，这种心境我是熟悉的。孩子惧怕黑夜，却因为热衷于放风筝，每每放到日暮。那风筝和孩子的身体一般大小。凉飕飕的晚风灌进孩子的衣领口，提醒他天快黑了。于是孩子拼命拽回那几可触及星辰的大风筝。他一边在意涌过来的黑暗，一边急急忙忙地收线。风筝线一会儿被枯草绊住，一会儿又纠缠在一起，真的太可恶了。何况这线怎么也收不完，就像从又大又黑的土地上不停地冒出来似的。孩子快哭了，倒也还是咬住嘴唇努力收线。动作忙乱，情绪焦躁，就像被人操纵的提线木偶。关键是要“动”，要运动四肢才行……

我的身体明显地衰弱了，连小伤口也动辄化脓。每次换纱布，痂皮便脱落下来，又黏又湿的伤口进一步恶化。因为很难搞到药品，我就在伤口上涂抹黏糊糊的黄褐色草药，同时回想起当年堂兄告诉我的那种用于制造碘酒的草。我把沾了脓血的纱布扔进火盆，“扑哧扑哧”起火的纱布喷发出难闻的腥臭味。我下意识地闻了闻，即刻，难以言说的厌世感流转全身，令我产生了一种近似于被侵蚀的快感。

不久，不眠之夜重重地压倒了我。我常常在夜半时分打开窗，看窗外冻结的夜色。微弱的星光下万物僵立。暗夜之浓密、之寒冷，不是很适合我吗？夜幕下，生之物好装死，死之物常扮生。

* * *

广漠的荒野，飘忽的光，荒野尽头的森林被云霞所遮掩。孕育着水气的杂草，郁郁葱葱一大片，每一株都异常高大。手脚触碰之，草叶上便落下酸浆果一般大小的露水，滴在地上摔碎了。草海无边无际，水气浓郁，我手拨脚踩，破浪前行。感觉手脚轻飘飘的，虚弱无力，就像在水底行走一般踉踉跄跄的。我蹲下来，捡起脚下的小石块，白白的，形状也不错，质地比较软，相互刮擦应该就能蹭出一些粉末来。环顾四周，地面上到处是这种质地的石头，有灰白色的，有带点红的，有的半截埋在泥土中。我捡起三四块中意的石头，抬起头来，不料面前赫然矗立着一座城堡似的巨大建筑，俨然是我在童话书的封面上见过的那种魔鬼居住的城堡。一眨眼，城堡变成一幢破败朽坏的砖房。雾气溜进昏暗的入口，我像是受了召唤，随之走了进去。心境是陶陶然的，模糊的物象进入视线，游移不定，变化万端。不知何时，我伫立在一个大房间的门口，我看见一张笨重的大黑桌，许多器物和装饰品静静地蹲伏在昏暗的灯光下。嵌在墙上的大镜子反射着黯淡的光，厚实的地毯上染着纷繁复杂的图案。眼前的一切似乎没有颜色，而事实上，一种致密而独特的，令人联想到雷东早期画作的色彩遍布四周。眼前的房间一角，比平地稍许高出一截的地方，浮现出朦胧的白色幻影。我被它深深吸引，想走近细看，腿脚却不听使唤。定睛看，那身影像是一具身披银白色薄衣的白色裸体，它身体后仰，宛如幼蝉蜕壳而出那一瞬的姿态。心念一动，那身姿消逝了。我周围的一切也开始扭曲变形，固态的外形崩溃了，墙壁和陈设都像雾气一般，或消失，或走样，只有大镜子留了下来，板着脸偷偷看我。我盯着大镜子那清澈的面板，没看到镜子中自己的身影，只有些轻摇慢摆的模糊幻影。四周暗下来了，气氛变得静寂而严肃，与此同时，摇摆不止的幻影如同水波平伏，安定下来，呈现出一幅阴惨的景象：大树森然直立，篱笆把错综复杂的小路隔成复杂的迷宫。我看见墓碑和墓地才有的塔形木牌。这儿大概是墓地吧。中央一带有朦胧的微光，一个人影倚靠在铁栅栏后高高的石柱上。起初，我觉得那是一尊雕像，或者是死人，但细看发现并不是。我靠近仔细瞧，目光便离不开那张脸了。那是一张陌生的脸，但我从未见识过如此完美、如此动人心弦的面容。说不上有多么姣好，只不过，这张小巧精致的鹅蛋脸就像是为我量身定制的，一条特定的曲线、一个特殊的隆起、一块微妙的阴影，共同勾勒出甚合我心意的面容。我说不出年龄和性别，有女性的成分，也带着少年的元素，而垂肩的秀发与柔美的身姿表明，那是一位少女。少女以一种常见于古代宗教画的严肃且超现实的姿态，动身离开了石柱。她的脸无精打采，缺乏血色，仿佛刚从长眠中苏醒过来。但那只是暂时的，少女的脸颊顿时有了血色，一个生机盎然的微笑清晰地在她的脸上绽放了。我与她面对面，注视她那迷人的乌溜溜的眼睛，那小小的酒窝，还有那微微张开的嘴唇——那软软的、鼓鼓的、难以捉摸的红唇。久违的心动令我颤抖起来，要呼喊她的名字，但不知喊什么好。那一瞬，冰冷哀伤的情绪贯彻了我的心。须臾，存在于我体内和体外的一切事物都开始了呼吸，相互纠缠，喧嚷一波接着一波地扩散……我回过神来，少女已经不在，不知从何处射来了光，昏暗的环境逐渐明朗起来。这儿是绿荫浓郁的森林，优美的野兽、禽鸟、蝴蝶嬉戏享乐。嫩芽绽开，挤去冠毛。隐约传来的小鸟鸣啼，是似曾相识的乐音。与熟悉的风景再次相逢的喜悦填满了我的心，也充盈在眼前这一派新鲜的风景里。我走近一棵老树，倚靠在它那长满疙瘩的粗糙树干上，发现有一只金龟子贴附着，它那青绿色的翅鞘被光线精心打扮了一番，像绿宝石一般璀璨。它无疑是我一刻也不曾忘记的不知名品种，我伸出颤抖的手，要把它据为己有——这个举动让我醒了过来。我本不想醒来的。

睁开眼，眼前只有凝冻的漆黑，这里是我冰窖一般寒冷的藏身之所。梦境已然消逝，梦中的震颤却依然延续。“肯定是那个品种！是金龟子没错。”我自言自语道。此时离天亮还早，我的心境幼稚而纯粹，一如那个沉浸在昆虫世界中的年代的自己。

漫长的肾病痊愈后，我正儿八经地采集起昆虫来，又是追赶在阔叶树树梢飞来飞去的小灰蝶，又是捕捉群聚在山路边伞形科植物花朵上的花天牛……采集过程充满了喜悦，令人陶醉，接下来的工作却很辛苦，绝非轻松惬意的享受，而近似于一种不得已而为之的义务，一种煎熬，一种痛苦。我连第二天的功课也不预习，熬夜将细小的鞘翅类昆虫贴在塑料板上，用心填写标签。这期间我常常心生疑惑：自己为什么非得吃这苦头？皇天不负有心人，我的标本数量与日俱增，其中我最为热衷的金龟子科，竟然采集了整整三十盒的标本。我甚至把这些标本细分成属和亚属，齐整规范，作为一个少年的收藏品，这简直是太了不起了。有一天，我为了研究个体变异，正观察数十只樱花金龟，从中发现一只不同的虫子。仔细看，很明显是特殊物种，而且与金龟子属下的几个物种都不同。“这也许是新物种吧？”我心想。新物种！对于一个痴迷于昆虫的少年而言，是多么荣耀的一个词啊。不巧，虫子是雌性的，无法查验雄性金龟子生殖器所特有的形状，何况只有一只，不大好意思寄给昆虫学家做鉴定。标签上写的产地是东京的奥多摩，自从那以后，我一次又一次地往那儿跑，但一次又一次地空手而归。

然而，那早已是往事了。随着战事升级，我早就顾不上采集昆虫了。那个让我终生难忘的夜晚，巨大的铁鸟掠过低空，火焰肆虐了整整一夜，大伯家的宅子化为灰烬，连同我的标本一起。第二天，我伫立在一片热气升腾的废墟中，视线失去了焦点。那儿原本是宅子深处一间当作仓库使用的西式房间，藏有父亲遗留下来的书（大部分已经捐献给某家图书馆）和将近百盒昆虫标本。如今，充斥我眼的，是一大片灰白色的灰烬。铁窗栏已经被烤化了，耷拉在灰堆里；珍贵的金龟子，以及其他的一切，全化为了一抔灰；细弱的水流从裸露的水管中汩汩淌出，在焦土上画出几缕纹路……这时，有大人呼唤我，我捡起掉在脚边的破钢盔，循声而去了。此时掠过我心的，不单是悲伤、哀叹，更多的是干脆决绝、单纯而真切的一个念头："这下结束了，什么都结束了。热衷于一样东西，为它倾注心血，至少对于我而言，不过是负担罢了。"

在我们的身体里，"时间"不像钟表的指针一样规规矩矩地前进着，有时很慢，有时又极快。有关金龟子的记忆，对于我来说，已经是行将忘却的往事。正因为如此，从梦的一隅泛开的鲜明的回忆，着实使我吃惊不小。梦境正迅速地消退，我下意识地努力复苏它的全貌，企图解开藏在梦中的谜题。

我很快回忆起刚才的画面，随之而来的是内疚的心情——少女的面容清晰起来，她离我是那么近，以至于我俩的额头都快碰上了。少女的脸也不是完全陌生的，似乎包蕴某个熟识的面容……没等我深入思索，这张脸就变得模糊了。

我努力追溯，那张人脸还是走了样，忽伸忽缩，轮廓线也开始消融……不经意间，模糊的眼和鼻总算是归了位，我所苦苦追求的形象呼之欲出，明明近在咫尺，却总是差那么一点。经历一番欲得又失之后，我累了，迷迷糊糊地打起盹来……忽然，不知是刚才的人影定了形，还是梦见了别的形态，我喊了一声，睁开眼睛。我总算是真切地捕捉到了对于我来说无比珍贵的面容。尽管与梦中的原型相比，这张脸更有人味，年龄也要小得多。

同时，从一直沉睡在我内心深处的一段比较新鲜的“过去”当中，记忆苏醒了，鲜明如闪电。记忆不止一个，而是两三个重叠在一起，联袂登台。有一些记忆长期萦绕着我，久久不忘，有的只是些短暂轻飘的思绪，但对于我来说，每一份记忆都是宝贵的，而且，它们似乎是一个连贯的系列。具体来说，那是几张人脸、几个身姿，一个表情覆盖了另一个表情，一个身姿唤醒了另一个身姿。我绝没有忘记它们。我想说的是，在以往的回忆中，它们是被我的心智区别对待的；而现在，我感觉它们是相通的，近似的，彼此相融的。下面，我要叙述一位少女、一位少年和另一位少女的故事。

那是兵工厂楼上充当精加工室的房间。从机床声隆隆的楼下来到这儿，感觉静得出奇。嚓嚓作响的锉刀声中，女学生们的对话声听得一清二楚。这些参加强制劳动的女学生，穿着卡其色的工作服，头戴“日之丸”图样的缠头巾，在排成一列的工作台前干活。我们这些男生也是来参加强制劳动的，每天来搬运一次装有金属板材的箱子，将箱子从房间的一头搬到另一头，来回往复。说来挺可笑的，我们跟她们没有交流。一旦与之搭话，便会被扣上“柔弱”的帽子，叫到黑乎乎的更衣室后面挨训。

即便如此，我的视线，还是被坐在工作台最左边的少女吸引了，但不敢拿正眼看她，就像看一件可怕的东西。大部分时间，她那张鹅蛋脸上都没有表情，目光是空洞的，就像是刚刚睡醒，无精打采，百无聊赖。她用她那关节有些突出的纤长手指小心支住锉刀，缓慢地动作着，证明她并没有睁着乌溜溜的眼睛打瞌睡。她的面容随着时间和场合而改变，从某个角度看，流露出一丝阴冷和坏心眼；而与邻座的少女嬉笑时，脸颊上非常自然地现出一对深深的酒窝，顿时令整张脸焕发生机。与此同时，我听到了她的笑声，带些鼻音，好像患了扁桃体炎或是鼻窦炎。即便如此，在我听来，她的声音也是那么的甜美。一种不可思议的羞耻感包围了我，这种不知所措的羞耻感，从早年我刚上初中时与某个少女擦肩而过时感到的朦胧的不安，到现如今终于有了明确的形态。

当然，我也常在其他地方遇见她，比如楼梯拐角处、早晚的考勤机前、回家的电车中。有时预料到她会出现在那里，有时则完全是不期而遇。人们也许会期待发生一段故事，但很可惜，怯弱的少年只表现出了过度的怯弱。那时的我，既不想和她亲近，也无意向她展现自己。我的心境，只不过是目的不明的自作多情，极度克制的、敏感的心灵在颤抖罢了。

在B29轰炸机飞过，在平流层留下几道飞机云的那年初冬，少女离开了兵工厂，浑然不知她给一个少年带去的灾难。她被分配到距离现在工厂很远的分厂劳动。从那以后，我只见过她一次，仅有的一次。有一天午休，我和几个伙伴经过工厂大门，一辆刚刚卸完货的卡车即将出发，坐在卡车尾的几个女学生叽叽喳喳地嚷嚷着："快快快！"那个令我难以忘怀的少女，怀抱着一个看似不重的纸箱子慌慌张张地跑出大门，差一点撞上我们。她那因抱箱子而侧向撑开的手肘蹭了一下我的胳膊，急促的喘息声掠过我心头。突如其来的邂逅狠狠地揪了一把我的心——我一直竭力在人前隐藏自己对她的心意，然而就在当下，我甚至丧失了这份意志。我回过头去，先是看见少女伸出细细的小麦色的胳膊，把纸箱子递给车上的同伴，接着在扎堆少女的嬉闹声中，她整个人也被拽上车去了。卡车开动，少女抓住同伴的肩膀以保持平衡，那张因兴奋而涨红的脸随车身摇摆而左右晃动。有谁在我的耳边说了些什么，我一个字也没有听进去，只是呆呆地，冒着暴露自己重大秘密的危险（一旦暴露，可能我会觉得比死还难受吧），明目张胆地目送卡车一路颠簸远去。她的身影越来越小，拐过一个弯之后，便看不见了。

……不知不觉间，身穿卡其色工作服的少女形象，渐变成另一个形象——这个过程恰似梦的游移，做梦的人甚至意识不到这种变化，那是我心仪的一位少年的形象。

那是在我遇见少女的两年前，促成我们第一次见面的是一件小事，学生的强制劳动差不多就是那个时候开始的。我们和低一级的学生受命在一家汽车工厂里工作两周。仓库的劳动很艰苦，我当时是班长，向工头求了情，成功把那天早晨的工作推给了二年级学生。劳动时间还没到，我们三三两两地坐在空地上的木材堆上。我斜靠着木材，仰面朝天，听到一旁有人议论：

“你说要去仓库，就是为了去看那小子吧？他今天可不来呀。”

“马上就来了。他每次都迟到。”

“啧，你小子，连他几点来你都清楚。他也没那么俊嘛。”

“胡说，俊得很呢。”

“哼，我怎么没看出来。”

他俩正聊着，“那小子”就来了。两人哧哧地笑着，相互推搡打趣。我第一次听人谈起低年级同学的事情，心里正纳闷，抬起头，看见一个陌生的小个子男生快步经过我跟前，朝着在稍远处集合的伙伴们走去。他面容清瘦苍白，气喘吁吁，看样子是跑累了。看起来没什么特别的，一个普普通通的少年而已。我又把头枕在木材上，想起正乐此不疲的昆虫采集来。

几分钟过去，我发觉有人过来了。刚才的少年就站在我的面前。近看，他清爽而纤巧，和刚才的第一印象判若两人。

“二年级今天去仓库吗？”

他两眼正视我，表情严肃而认真，用对老师说话的口气问道。说完垂下长长的睫毛，扭扭捏捏地玩弄起劳保手套，一脸难为情。似乎是他的那帮同学派他过来的，谁让他今天迟到了呢。我身边那两个议论他的家伙，正暗暗地推来搡去。不知怎的，我的心跳得厉害，仿佛我老早以前就喜欢他了。

“嗯。”我含混地应了一声。少年抬起头来看了我一眼，在我看来很是耀眼。

“已经……定了吗？”他支支吾吾，想必是同学们命令他来和我交涉换工作的。我粗鲁地回了一句：

“对，决定了。”

少年还是站着不走，一脸可爱又稚气的困惑表情，犹豫着是不是该再说些什么。忽然，他向我鞠了一躬，中止了交涉，转过身去。我瞧见他的消瘦的脸颊上现出仿佛害羞的酒窝，过分白的皮肤被羞愧染红。也许他也觉得自己的退让方式不光彩吧。

强制劳动结束后过了几天，我在学校的走廊偶遇了那位少年。他站在窗边与同学谈笑风生，手中拿着一册笔记本，卷起来、展平，再卷起来。他忽然调皮地笑起来，抬头看对方。“啊，是之前的那个家伙。”经过他身边时，我的心痒痒的，就像被刺轻轻地扎了一下，没来由的尴尬催我加快了脚步。

从那以后，这个小个子少年的形象肆无忌惮地闯进我的意识，久久不散。后来发生的一件事也起了推波助澜的作用。他们班和高一级的我们班一起搞训练。他披着卡其色的雨衣，装备佩剑，端着枪，看着更像女孩子了。那身煞风景的军服，反衬出少年的温和良善和楚楚可怜，看得人心酸。我担任两个班的小队长。小队长本来就不是这么好当的，如今更是一件苦差事了。有时候，我的注意力被他那可怜巴巴的表情所吸引，发出了与教官命令相反的号令，话音未落，绰号“糠味噌霉之助”的准尉教官大喝道：“小队长，扣五分！”准尉形貌猥琐，举止邋遢，毫无军人风范，而且有个坏毛病，动辄祭出人称“点鬼簿”的计分册，给违规者扣分，扣完分之后还要叫学生来念一遍，自己乐在其中。他表面上怒气冲冲，心里却乐滋滋的，扯着嗓子喊道：

“我可没骗人啊！来来来，过来看看。你，过来，念！”

当真是老天捉弄，被准尉点名的就是那位少年。他扛着沉重的三八式步枪跑到教官身边，认真看着“点鬼簿”，用沙哑的嗓音小声念道：“……扣五分。”显然，他窘得没辙了。

“声音太小！名字也要念！”

他因为紧张过度表情很不自然，运动起小小的嘴巴，用和他外表极不相称的大音量喊出声。我为了让自己生起气来，把矛头指向了他，心中反复念道：

"都是因为你！都怪你！"其实我心里十二分地清楚，自己是无论如何也不会恨他的。

随着时间流逝，少年的形象在我心中逐渐淡薄了，虽然直到因战局紧迫而彻底离校之前，我总会在校园里遇见他。但见到他的时候，我不再感到狼狈尴尬，甚至忘却了曾经的那份奇妙的感觉……

第三段追忆，恐怕在梦中才能追溯。它与少女、少年的形象纠缠交叠着，慢慢清晰了起来。

黄昏，我倚靠在大门口的篱笆上。过了一会，沿着家门口的石子路朝城区走去。我穿一双大人的木屐，绑带松松垮垮的，木屐随时会脱脚，以至于我走起路来一拖一拽的。脚下的砂石咔嚓作响，不时嵌到脚趾间。西边的天空勾勒出屋顶的轮廓，现出淡淡的黄色，天顶清澈的水蓝色正悠悠地垂挂下来，融进下面的淡黄色。我呆呆地望天，仿佛天空正逐渐沉入巨大的暗影中，而我自己，也坠入无尽的虚空。

就在刚才，我坐在因脑出血而昏睡了两天的阿婆枕旁，规规矩矩地并拢双膝，看着尖细锐利的注射针插入她那耷拉的胳膊——早年，这只胳膊安抚过被噩梦折磨的我。低沉的鼾声从她干燥、褪了色的厚实嘴唇中漏出。这是她生命的最后挣扎吧，我非常听不惯这声音。一只苍蝇在她皮肤松弛的脸上飞，意图落脚，又被阿婆喉咙深处涌出的声响所制，犹犹豫豫，若即若离。我用手驱赶，它有些畏惧，又执拗地飞回，不肯离去。苍蝇定然是闻到了悄然而至的“死”的气味。

“爱我的人全没了。”我拖着不合脚的木屐，呆呆地想。对于我，阿婆是无可替代的避难所，她把我包拢在一团温馨的气氛里，使我免受外界的侵袭。准确地说，这并非思维的产物，而是每一寸肌肤的记忆。

不知不觉来到大路上，眼前就是公共汽车站，几个男女站着等车。我那飘忽不定的视线掠过其中一人，忽然定住，为的是看清那人的长相，尽管当时的我，是魂不守舍的。

那是一位身穿女校水手服的少女，约莫十五六岁，身材修长。她晃荡着手中那镶红边的帆布包，上齿轻咬下唇，视线朝上，望着驶来的公共汽车。夕阳的余晖将她那一头蓬松懒散的褐发染成艳丽的火红。她半边脸承受着渐弱的夕照，显得开朗又无邪；另半边脸背光，感觉有些忧郁。乌溜溜的双眼，看起来很和善，似曾相识。公共汽车停下，她的脸侧向我这边，迈步走向车门。我总算想起来了，是那张照片，那本在堂姐的壁橱深处找到的少女歌剧杂志。从杂志上剪下的圆圆的小照片早已不知去向，我甚至完全忘记了曾经拥有它……

公共汽车很拥挤。少女歪着身子，胳膊探过她身前的人的肩头，奋力抓住车门边的柱子。公共汽车低吼着开动时，少女的脚仍旧只踩在踏板上，上半身往后仰去，看着挺危险的。她后仰的一瞬间，颈部的肌肉在皮肤上塑造出起伏的光影。与此同时，一阵微颤贯穿了我的脊梁骨。这种感觉，我曾经领略过数次。

黑暗终究没有变淡，反而越来越浓，浓稠到了无以复加的地步。寒气拉扯着我的耳朵，冻僵了我的脚趾，灌进我的衣领。其实这是一种熟悉的感受，在半梦半醒间，我睁大双眼，回味那几个不期而遇的人物形象，陶醉于这虚无缥缈的奇迹。当时的心境又一次造访了我，真切得很。特别是公共汽车上的少女和杂志插图的小照片，正因为我彻底忘记了她们，她们的出现才给了我莫大的震撼。

善于解析梦境的人，恐怕能够从这梦中唤回更古老的过去——埋藏于潜意识当中的过去。但那时的我懵懂无知，而且极度陶醉。久违的睡意，将我裹了个严严实实，而我仍然在黑暗中睁着眼，沉浸在不可思议的陶醉里，心脏没来由地怦怦跳。眼前致密的、掺杂着柔媚元素的黑暗似曾相识。那是什么年代的事情呢？恐怕是很久很久以前，说不定，是我出世之前吧。

我迎来了一个阴云密布的早晨，晨光乏力，却也驱走了黑暗。我的身体酸软，脑袋像被勒住似的昏昏沉沉。其实每个早晨都是这样，只不过在今天，不快的疲劳感中包含着一丝舒畅。是因为回忆起了以前的小事吗？我尝试着解释。

突然，一个念头闪现脑海，令我浑身颤抖。“所谓的忘却，真的是消失吗？”杂志插图上的少女，我忘了她，却不是真的忘了。君不见，我的眼前真切地浮现出那张小圆纸片，就连自己当时把它从少女歌剧杂志上剪下来的神态、罪孽深重的心境，都清晰地重现了。是自己一时想不起来呢，还是一直对此漠不关心？且说这“一时想不起来”也算是一种忘却，不久就会发展成真正的忘却。假如，忘却不是消失，而只是单纯的埋没，深藏于意识之下，那么，它是有可能复苏的。也许，所有的记忆都不会消失，只不过是人觉得它们消失了。就像刚才的体验那样，久远的过去——上小学之前那段包裹在黑暗中的往昔、一心想知道却不得而知的那个秘密、那个无法探视的深渊——兴许会在梦境中抛头露面也说不定。

我坐不住了，起身在房间里踱来踱去，像动物园里的熊；尔后又坐回桌边，为的是避免满载大量记忆的宝贵头脑撞上电灯伞罩。接下来，我照例思考起记忆的形态。在我的心中，记忆大体上呈冰山的形状，露出水面的部分，只是日常生活中能够回忆起来的记忆；然而在夜幕下，在不可思议的休眠和清醒间，我的记忆冰山开始动摇，原本淹没在水下的小部分记忆便浮出水面……

突然，我留意到杂乱的书桌一角有一只破旧的闹钟。它早就放在那儿了，但我从来没有给它上过发条，形同虚设。我拿起闹钟，思绪仍然停留在“记忆冰山”上。不知不觉，我将发条拧紧了，闹钟又开始发出单调细碎、一丝不苟的走时声。

* * *

很快，封闭内敛的季节离去了。虽然空气还是寒冷的，某一天下午，阳光的微粒漫天盖地，铺撒在水沟边，耀眼得出奇。远眺西边，日本阿尔卑斯山脉白灿灿的，轮廓却不清晰，天边几缕淡薄的长云，朝城区这边悠悠飘来。

我在街角停下脚步，一列战栗的“火车”疾驰过我的脊梁骨，碾得我生疼……

我侧着耳朵，倾听从一户人家流淌出来的极细微的旋律。起初是轻柔慵懒的长笛独奏，片刻，竖琴和双簧管的乐声摇曳着加入。明明是第一次听到的曲子，却很熟悉——我无法摆脱这种确信。我靠在板壁上，宁心静听。安闲的弦音，与圆号相互交叠，零落散乱的一个个音符相互纠缠，酿成熟悉的旋律。此时，我体内涌出了莫名的酥麻和震颤，就用“心灵的晕眩”来形容吧。这种感觉我曾经体会过。同时，一幕似乎是我年幼时常见的幻景在眼前展开，鲜明得一如往昔。这是一幕充盈着色彩和气味的立体图景，恰似昔时梦境的某个片段，弥足珍贵。

……天空一碧如洗，蓝得有些发乌。我躺在树林包围的草地上。小草依依，繁茂鲜嫩，青翠欲滴。垂挂在草叶尖端的一簇簇的花，吸引蜂虻前来求蜜，摇摆不止。明晃晃的阳光普照万物，洒落在蜂虻的翅膀上，亲吻绿意浓淡不一的草木，爱抚隆起的黑土，逗弄耷拉着脑袋的蘑菇。前方有一片落叶松的林子，潮湿的空气中荡漾着绿光，我甚至从中嗅到了清爽的木屑气味。这边，几棵白桦亭亭玉立，处处有纯白色的树皮剥落，与黑色的树肌形成鲜明对比，赏心悦目。微风起，树叶的喧嚣在枝梢间传递。紧接着，树叶的低语、蜂虻的振翅声、小鸟的鸣啼合流到一处，奏响无上甘美的旋律。旋律一刻不停地变化着，将自然界中松散细碎的单音编织成惊为天人的连续和弦。从叶片上滚落的甲虫展开翅膀迂回飞行，那是单簧管起伏的和悦声色；摇头晃脑的花簇，是竖琴时断时续的旋律。一只蛱蝶在我头上盘旋一阵，落在长着青苔的树桩上歇息。它娴静地开合着翅膀，就像在调整呼吸。看它的翅膀，深蓝色的底子上隐约嵌着琉璃色的纹路，闪烁如磷火。我想起来了，很久以前，我第一次拥有了属于自己的捕虫网，山路上，便偶遇了它。翅表青白色的带状纹在它飞行时一闪一闪的，妖媚的美让我陶醉。蝴蝶落了脚，叠上翅，“磷火”便消失了，就像变戏法一样。我最终还是用网兜捉到它了，却有些害怕，不敢用手触碰，就好像它有毒。然而，那只是一只再平凡不过的蛱蝶。我后来知道了它的名字，也做了几个蛱蝶的标本，神秘感随之消失殆尽。而如今，那魔法之美回归了。开合的翅膀在阳光的照耀下，重新燃起了青白色的光辉。不仅如此，四周的树、草、虫也呈现出类似的变化，一个色彩黯淡了，一片更鲜艳的色彩取而代之，一个乐音滑过去了，一段华彩接踵而至。遮掩秘密的面纱被层层揭开，新叶抖出了惊艳的亮丽光色，蘑菇烂熟，散出孢子，甲虫的翅鞘打着涡旋，琉璃色的蝴蝶扇动闪亮的翅膀，重复演奏方才长笛的音阶……一切都宛如从笼罩在帐幕中的另一个世界传来的呼唤。啄木鸟啄树干，化为打击乐器的声音在林间回响。仅仅一瞬间，一切声响、一切光亮、一切色彩，一切的一切，丰润非常，我沉溺在这场前所未有的感官盛宴当中。规规矩矩的时间亦不复存在，或停滞，或循环，或与物象纠缠；或许，当下一张面纱被掀开，一切秘密如雾般散去时，我所苦苦寻求的图景便会蓦然出现。很可惜，眼看着要成形现身之物忽然变形走样，只差那么一点点。多姿多彩的幻影，就这样淡化消退了。原来在这时，大提琴与长笛奏起了时断时续的终曲，旋律淌过板壁，踅进我的耳朵里……

我回过神来，看了看四周——破败的街市、杂乱肮脏的人家、贴在电灯柱上的电影海报、街上来来往往的男女。我把目光转向道路旁的水沟，一只蛱蝶停在沟边，静静地开合着翅膀。方才的诸多幻想之中，只有这蝴蝶是真实的，而且一如往昔地放射出神秘的磷光。春日的阳光下，它恰似一枚燃烧的蝴蝶结。我努力回忆它的名字，却怎么也想不起来。“嗯……叫什么来着？对了，是琉璃蛱蝶……什么嘛，没劲……琉璃蛱蝶有这么好看吗？一直没注意……不对，是我忘了。”

那只蝴蝶想必是越冬苏醒过来了。它停止开合翅膀，展示着如同树皮一般黯淡的翅底，它的美却没有减少一分一毫。过了一会儿，蝴蝶被路过的货车惊动，飞起来了，画出闪电般的折线，越过民宅的屋顶，不见了踪影。

那段不可思议的音乐，促成了我的变化。

从那以后，我那阴森森的、不安定的生活中，也出现了一些类似“生机”的东西，宛如不知不觉间充盈于大气的春意。我的“痊愈”也许与季节更替有关，但我觉得这是源自我精神深处的。就像那一晚，我做了一个意味深长的梦，醒后我给闹钟上了发条。恐怕是机缘到了，不，应该是我潜意识当中一直向往追求的——我要投身到人类发明的“时间”当中去。

此外，以这段乐曲为契机，我结识了一名男子。这件事绝不可等闲视之。事情是这样开始的：春意盎然的一天晚上，我躺在宿舍，耳边传来轻微的乐音，这曾经魅惑我的长笛音色，是从隔着走廊的对面房间传来的，那里住着一位就读于医学专门学校的学生。

这名“医专生”将近而立之年。听别人说，参军前他是学文的，战争结束后，才有了改行从医的念头。虽住在同一屋檐下，但我们从来没有言语交流。过了好久，我才下决心去拜访他。没想到，他欣然邀我进屋。屋中杂乱，墙角摆着一台老旧的便携式收音机，时断时续的音乐尾声就是从那儿流淌出来的。

“你看我这儿，乱七八糟的，将就着坐吧。香烟现在有的是。”

说着，他抓起一把卷烟放在榻榻米上，对我眯眯笑。他的脸肤色浅黑，轮廓分明，不禁令我想起魔术师叔叔。那张脸的各个组成部分都是端庄的，但它们的分布却相当的随意散漫，有一种莫名其妙的幽默感。

“我不会抽烟。您刚才放的唱片是？”

“啊，那是德彪西的《牧神的午后》。你喜

欢吗？”

他是个无人能比肩的话痨。一旦给了他说话的机会，他便视对方如空气，连续高谈阔论达十分钟之久，话语中充斥无数我未曾耳闻的名人名言，就像当年魔术师叔叔编造的故事中的医学用语。我没辙了，只能向他坦白自己对这些东西一无所知。

“你竟然不知道？！消失了的女神的故事，还有那个出生在吕贝克的作家，都不知道吗，不会吧？我可知道你每天都在读书哦。”

我确实在读书，读少年探险杂志上的火星人、蚁人的故事。一时间，我不知该如何是好。他好不容易才接受了我对他说的这些一无所知的事实，倒也没有奚落我，反而对我大加赞美。

“你真是少有的人。我结交的那些个高中生啊，说起话来唾沫星子溅一地，简直就像是癫痫病发作……没事，别怕，你还没到二十岁吧？很快你就会胡诌起诗句来，唾沫星子乱飞的。话说回来，癫痫病可不是闹着玩的……”

这席话的效果违背了他的初衷，反倒让我担心起来。因为我上小学的时候有过晕厥的病史，在医院接受了癫痫的诱因检查，最终确诊阴性。我把这件事说给医专生听，还有阳台灯光召集来的无数昆虫的光彩，我也一五一十地说了。我觉得要是不做铺垫的话，他没办法理解我的话。

“那是美啊！”没等我把话说完，医专生喊起来了，“你看到美了！是美！‘美’这玩意儿还真可怕，就像梅杜莎的脑袋，你瞧它一眼就变成石头了。幸好‘美’不经常光着身子出现，也多亏我们的眼力跟白内障差不多，反倒能保住性命。”

医专生谈兴正浓，我惊得目瞪口呆，直愣愣地看着他那张气派却不和谐的脸。

“这么说来，梅杜莎美吗？”

“啊？谁说的？”他把刚才的言论推得一干二净，蒜装得还真不赖，“我是说，梅杜莎是戈耳工三姐妹的小妹，算是最可怕的催眠师吧。说起来很奇怪，在重视身姿的希腊神话里，只有这家伙最受关注的地方是头部。它是什么来头呢？这个问题就很有趣，毕竟神话不是人类胡思乱想的产物嘛。有人它说是海洋的象征，有人解释说是象征噩梦或者是代表灾祸的蓝月，有的学者甚至认为梅杜莎的蛇发象征阳具呢。”

说到这里，他怪腔怪调地大笑起来，不管不顾不知其所云的我，紧接着又把话题扯了回来。至于我最关心的病，他煞有介事地说了一句无关痛痒的话："噢，的确有类似癫痫的症状，要是没有的话，那就不是癫痫。"

后来回想起来，在我眼里，不仅是外貌相像，他简直就是改头换面的魔术师叔叔，姑且称他为精神世界的魔术师吧——信步走在他乡的海滨，捡起好看的贝壳，乐滋滋地用它们表演魔术。我不确定是不是因为这个，后来他说的几句"箴言"里，也蕴含着一种引人苦笑的滑稽感，恰似当年发现我得肾炎的叔叔。

他好为人师，针对我这个无知弟子身上所呈现的类似人格解体的症状，继续着他最擅长的饶舌，喋喋不休：

"头痛、失眠、无端恐惧，感觉身体要融化并缺乏现实感，问题很严重啊。如果说是得了霍乱、癌症，你们大概会跳起来吧。而一谈到精神上的病，你们统统用'神经衰弱'打发，这可是精神虐待啊！这是现代医学的罪过。医学，有必要回归上古的咒语和祈祷。建立在生理解剖学上的医学，必须再次回到起点，你不觉得吗？"

"您说的对。"

“其实我也就这么一说。”

“那我的病不能放着不管吗？”

“这个吗……大概好不了吧。吃药、电击都不管用。菲勒塔斯老爷子不是说过吗，‘就是接吻、拥抱、脱掉衣服睡在一起’。”

“你指的是？”

“就是治疗达夫尼和克罗埃的恋爱病的方法呀。”

“开玩笑。我怎么会恋爱……”

“你想说自己没恋爱吧？就算你觉得自己没恋爱，人还是会恋爱的。我问你，觉得什么东西美？”

“美的东西呀，比如云啊，昆虫什么的……还有绿色的栗子，说起那栗子啊……”

“打住，说说人吧。觉得女孩子怎么样？”

“那个嘛……应该是美的吧。”

“当然美了！”这句话飞出口时带出大量唾沫，舌头打了颤，“有诗云，人体乃神殿。而那种美，则存在于我们的性别之中，这也是事实，不过也不尽然。你知道有机生命的壮美形态吗？你知道皮下脂肪娇媚的颜色吗？那种让人汗毛直竖的黄色，就像熔化的黄水晶，赋予人生命与腐败，我说的是浸泡在福尔马林里的尸体；还有那纯白有弹性的神经，坐骨神经直径有一厘米呢，极有弹性。再说那蜿蜒曲折的动脉静脉，用手术刀稍稍一割，鲜血就喷薄而出；对了，还有那丰满充实的臀大肌……我忍不住要借用《魔山》里汉斯·卡斯托普说的，身体、爱和死，三者原本是一体的什么的。”

他常常慷慨激昂，举止变得极度轻浮。而我呢，只得像傻瓜一样听他胡扯。

“还有还有，锁骨和肩胛骨共同勾勒的优美曲线，脖颈的靓影……这样昂起头，看，这喉结，这是甲状软骨，这儿起伏的肌肉，叫……呃……”

“是不是叫‘穆斯库鲁斯·斯特诺克莱德马斯特伊迪乌斯’？”

“没错没错，这你都知道呀。”医专生稍稍有些惊讶，等恢复平静时，他脸上满是冥想者的表情，“话说回来，人总是知道一些稀奇古怪的东西，而且都有相应的缘由，尽管当事人可能没意识到。比如迷恋女孩子，也是有很深的必然原因的。你想想看，有人喜欢圆脸的，有人喜欢长脸的，不可思议吧！我呢，喜欢三角形脸的。”

“初恋的对象是自然形成的吧？”

“那么，你说的初恋又是怎么一回事呢？人即便没发育出第二性征的时候，也是会恋爱的。一切都是童年的鬼把戏，是神经上的伤痕的恶作剧。”

童年，这个词刺激了我，仿佛一根深埋于肉中的棘刺被触动了。

然而医专生却中止了谈话，把话题转移到“梦”上。他把梦称作“第二人生”“未拆开的信”和“潜意识界的使者”。对于这个不好理解、难以把握的现象，我还是有些话可以讲的。毕竟，从那一晚开始，我便关注起一些梦的片段，集中注意力观察它们。医专生的脸上再次现出惊讶的表情，比我刚才说出胸锁乳突肌的拉丁文名时更夸张怪异。他直勾勾地盯着我的脸，发出令人发怵的绵软声音。

“你最好别读那些七弯八绕的书了，应该读一读神话……为什么呢，因为神话和梦是用同一种语言写的。神话这种东西，可不是野蛮人胡思乱想的产物。比如说，我正在读的印度阿萨姆地区的神话。那儿的阿洪姆族是这样叙述天地创造的：太初，除了水，什么都不存在，放射出伟大之光的至上之神福哈飘在空中，祂先造出了自己的形状，又造出一只龟和一条有八个头的大蛇，接着一点一点地造出了世界。阿洪姆王的祖先降临人间，建立了王国。有意思的是，这个民族也有关于洪水的传说。世界发了大洪水，一位名叫塔奥里布林的老人和一头牛上了石船，幸免于难。从这个边远地区的传说中，你能够感受到什么吗？存在一种相似，就像是异口同声。你知道是为什么吗？因为神话这东西，是一切灵魂的象征，所有灵魂的经历，都在世界各地的神话中得到了体现。怀念过去的愁绪，巧妙地凝缩于黄金时代的神话之中了。还有……”

他口若悬河，没过多久便打住了，点着一根烟，挂上一幅医者的职业表情。想必是意识到我是个孩子，不可能明白这些深远的道理，也有可能是谈资已经见了底，没包袱可抖了。

“不管怎么说，你窝在房间里不好。天气也不错，去野外散散心吧。”

“登山？不去不去，我躺在床上都累得够呛。”

这句浅薄的话似乎惹这位博学的老师生气了，他歪着那张气派却有失工整的脸，一只胳膊用力朝窗外一指，大吼道：

“胡说什么呀！你这是自戕。别磨蹭了，投入大自然的怀抱吧。快快快！噔噔噔地爬阿尔卑斯山去吧！”

* * *

几天后，一个晚春和初夏的气息相交融的晴朗日子，我坐半个小时颠簸的公共汽车，去了附近的山林，感受那里的气息。此举并非是因为医专生的话打动了我，而是我打算进山采一堆蕨菜来填肚子。可惜英雄所见略同者大有人在，我找了半天，没找到一根蕨菜，反倒走坏了我宝贵的军靴，鞋底开了个大口子。

尽管如此，我还是感受到了久违的轻松舒畅。几只冰清绢蝶飞出草原，慢悠悠地扇动着潇洒的半透明翅膀，仿佛脱胎自初夏的风。绢蝶的属名“帕纳塞斯”(Parnassius)，取自阿波罗所居的帕纳塞斯山。事实上，它有一个亲戚，也就是备受昆虫收藏家推崇的阿波罗绢蝶，纯白的翅膀上有动脉血般鲜红的斑点，边缘镶着一圈黑红色。很遗憾，日本没有阿波罗绢蝶，不过，冰清绢蝶有着一种洗练的高雅，这是华丽的阿波罗绢蝶所不具备的。

一只冰清绢蝶在我眼前飞舞，就像在为我带路。道路拐了弯，它也翩翩地顺路拐了弯，像是在对我说：“请往这边走。”蝴蝶飞舞的情态用“飘”来形容是最贴切的，清透的大气托着它那轻盈的身体，似有若无的风载它飞行。

“喂，冰清绢蝶，你也太优哉了吧？”我自言自语，“你面前的人类，以前可残忍得很呢，杀了好多你的同类。”

不料一语成谶。灌木丛中，猛地窜出一位少年，挥舞着捕虫网（他的腰际挂着一个三角罐，我一眼就瞧见了）。最初的一挥，手法不到位，蝴蝶逃过一劫，从可怕的网兜下勉强逃走。平时慢吞吞的冰清绢蝶在受惊时飞得很快，眼前的这只大概是头昏眼花了吧，只在一处疯狂地打转。少年急急忙忙地扣下网，两次、三次，只怪他手生，蝴蝶奇迹般地得以逃生。我看得心焦，一股来自过去的冲动，让我跑过去一把夺过少年的网兜，用一只手轻轻地挥了挥。这次出击奏了效，网兜锁定了正要高飞的蝴蝶。

我小心翼翼地从网兜中取出蝴蝶（以免损伤它的翅膀），按住它的胸的同时回头望去。我的身后站着那位少年，年龄约莫刚上初中，穿着清爽齐整，在这一带很少见。他惊呆了，傻傻地站着，天真清澈的眼眸中流露出惊叹的神色。

“谢谢你。”他怯生生地接过我递给他的蝴蝶，用石蜡三角纸包好。他的收获不多。

“你捉了些什么呢？”我问他。少年抬起头，稍稍犹豫，随后含含糊糊地答道：

“朴喙蝶……还有山地谷弄蝶……”

我很理解少年的心情，跟那些非同道中人说这些拗口的昆虫名称有什么用呢？顶多引起对方一阵表示怀疑的沉默，或者不痛不痒的好奇心罢了。我自己，早年也不胜其扰。“朴喙蝶是什么？”“给我看看呗，什么呀，不就是普通的蝴蝶嘛。”结果我辛苦捉到的蝴蝶惨遭鳞粉剥落的下场。

我尽量表现得漫不经心，以抹消少年的畏惧：

“虎凤蝶呢？这一带应该有挺多的。”

眼见他的眼神里涌出新鲜的欢喜，也让我舒畅起来。

“有虎凤蝶啊？！日本虎凤蝶呢？”

“日本虎凤蝶在信州倒也有，它的分布区域比较清晰。实际情况我也不清楚，不过资料上说这儿只有虎凤蝶。你是什么时候开始采集的？只采集蝴蝶吗？”

“今年是第三年了。今年我也开始采集甲虫了，就是不太熟悉它们的名字……我最喜欢的是‘特库拉’属。”

“特库拉……特库拉……”这个陌生的称谓在我脑子里盘旋，“啊，以前叫仄费罗斯的。”

少年不知道仄费罗斯（线灰蝶）这个早期的属名，指的是翅膀后部有细小突起的小天使般的小灰蝶。在蝶类爱好者心目中，就如同故乡一般令人怀念，甚至有以此冠名的杂志。眼下发生的事情，让我回想起挥舞网兜捕虫的岁月。那是多么久远的事情啊。

中学时代起，我就向往着这片土地，如饥似渴地浏览了一些昆虫采集记录和当地的昆虫目录，对我帮助很大。我一边用随身携带的绳子绑住脱落的鞋底，一边向少年介绍当地的线灰蝶。他从口袋掏出装有甲虫的毒管，向我提问，我一一做了说明。

“这些在图鉴上都没有呢。”

“那是当然，看图鉴就能叫得出名字的，大概只有蝴蝶和蝉之类的。膜翅目的虫子，就连专家都搞不明白。”

“我要采集各种各样虫子，那样才有意思。”少年说着，两眼放光，不再羞涩扭捏，“我也能发现新物种的。”

他一脸惊奇，一如我早年在魔术师叔叔的显微镜下看到了微观世界；他一脸欣喜，一如我横下心请专家鉴定陌生物种的标本。一种孩子身上特有的、对于志趣相投的长辈的尊敬，清晰地表现在他稚气的脸上。这张脸算不上俊美，只是其中包含着些许触动我心的成分，让我回忆起费劲地扛着三八式步枪的少年、穿着卡其色工作服打磨机件的少女、视线朝上望着公共汽车驶来的水手服少女……

“你一个人吗？”

“嗯？不是的，和姐姐一起来的……刚才她说累了，躺在草地上睡了。大概快来了吧。”

“你家在这儿？”

“不是，我们来松本的亲戚家玩，明天就得回去了……要不要一起去三城牧场？”

他的口气和刚见面时迥异，稚气的很，恳求似的抬眼看我。如果少年只身一人，即便他不提这个要求，我也会去牧场的。但就在这时，下方山路的拐角处出现一位少女的身影——大头巾裹头，长裤配网球鞋，一身利落的打扮。只一眼，我便认出了她是少年的姐姐。并不是因为少年朝她笑了，而是她的脸型展现出一种和她弟弟根本性的类似（虽然她比弟弟秀气多了），就好像瓢虫虽然斑纹千差万别，但我一眼就能看出它们是不是同一个物种。我猜她大概年长我一两岁，五官端正的脸和略带讶异的神情使得她看上去挺老成的。她停下来呼唤弟弟，接着低头朝我们慢慢走来，一边晃荡着手中的提包。

从第一眼起，我便心潮起伏了。比起她的弟弟，那位少女身上存在大量触动我的元素，昔时似有若无、难以割舍的感情被唤醒了。我看着她那纤细的颈项、乌黑的眼眸和头巾缝隙间露出的褐色头发，一时竟乱了方寸。

“那我先走了。”

“啊？你不去三城吗？”少年吃了一惊。

我十分肯定地点了点头，手指了指右边。眼前刚好是岔路口，右手边的路穿过矮竹丛，往下走就是山涧。我迈开步子走起来，背后传来少年依依不舍的道别声，回首望去，刚好和走到少年身旁的少女四目相对了。她微微笑着，那是一种困惑的笑，近似于令人捉摸不透的魔术。我不知所措，当场鞠躬致意。我这是鞠哪门子躬呀？我又羞又恼，哗啦哗啦拨开矮竹丛，没头没脑地奔下山去了。

一路上，我揪着头顶上方的灌木叶片，踩踏阻挡去路的树枝，步伐飞快。小路的尽头是山涧，潮乎乎的植物气息扑面而来，水边堆叠的落叶的气味钻进鼻孔。清澈的山涧水冲刷着半浸在水中的蕨叶。阳光受了阔叶树的阻拦，零星洒落在地面时，已经是强弩之末，被水边的腐殖土尽数吸收。我坐在一块岩石上，眼见明眸善睐的山泉光色，耳闻优美动人的溪水清响，莫名的焦躁感折腾了我好一阵，这意味着什么呢？我无意求解。当下，我需要的是柔和的倦怠。我如愿以偿了。山岩作枕，水声催眠，我打起瞌睡来。

我大概睡了不到一个小时，之后依然处于郁郁的半梦半醒当中，昏昏沉沉地尝试思考，视线追逐啁啾婉转的小鸟身姿。不知不觉，梦中少女的形象出现了。当然，这份记忆暧昧不成形，又似施加了些许修撰，刚才那位少女那清晰的面容也叠加在上面。这当中的关系相当微妙，是过去那几个人的形象造出了梦呢？抑或梦才是根本，依随现实中的人物发生了变形呢？要参透它，谈何容易。

这些念想，都是半梦半醒心思涣散所致，除此之外，我的心里还依稀充满了对平庸的喜乐（比如稀松平常的家庭团圆）的憧憬和艳羡。我吹起口哨来，是那长笛的旋律，渐强后虚弱下去的音阶。口哨的音色虽不及绪任克斯化成的芦笛那般甘美，时断时续的纤美乐音倒也飞上了瓦蓝瓦蓝的天。苍穹微微调整着色调，太阳稳步行走于天顶，我忽然察觉眼睛渗出了泪水，便站起身，将冰冷的溪水扑洒到脸上，心想这样一来，便分不出哪滴是泪、哪滴是水了。

时近黄昏，我手里捏着几株萎蔫的蕨菜甩来甩去，行走在平缓起伏的美原高原，目的地是王鼻山顶。从松本盆地遥望，王鼻山顶是一块形状怪异的大岩石，非常醒目，实际上只是美原高原边缘的一块突起罢了。它是一座让我怀恋的山，我初来此地时攀爬的第一座山就是它。王鼻山顶徒有虚名，山顶狭小，岩石堆叠，和以前一样祭着石像，令我心中涌出些许感伤。只有一点与以前不同，四季匆匆轮换。遥远的西面天边，连绵如波的阿尔卑斯山脉寒色依然，处处残留着冬妆，一大片非云非雾的水蒸气低回在山谷间，朦胧了全体。

王鼻山顶的西侧是山崖，陡坡上有一些杂木和人工林，下面与平坦的盆地相连。以前，我就是从对面爬上来的。站在崖边俯视，只见细小的山路穿过草地，就在它即将隐没入灌木丛中的地方，隐约有两个白点在动。

我的第一反应是那可能是刚才的姐弟，但他们应该不会在那儿磨蹭那么久。我很快明白过来：那是别人。我有点懵了，环顾四周，在长着地衣的岩石一角坐下，怯怯地倾听起自己的心跳来……

在懵懵懂懂、不曾留意自己年龄的时期，人类或一个劲儿地赞美爱情，或嗤之以鼻，以非此即彼的方式寻求救赎。我被迫站在后者的立场上，祭出极其狭隘的"性欲"概念，尝试着碾碎自己的感情，这倒也在情理之中。我思考起性欲来，它跟在玩具似的少年时代吸引我的那两三张面容没有关联。在那时的心境中，那几张脸跟性欲是无缘的。

在兵工厂参加强制劳动的某一天，机器运转的噪声中突然响起一声撕心裂肺的惨叫。原来是一个女工友的手指卷进了铣床的车刀中。周围的工友争先恐后地前去救助，我站在人墙后，目睹人们把昏厥倒地的女子扶起来。紧急停机后，皮带松松垮垮地垂挂在我们的头顶上。掀起女工那被机油浸透的袖套，光泽诱人的雪白肌肤跃入眼帘，妩媚而新鲜的红色液体在肌肤上游走，滴落后留下红色的条纹。"那是血呀……颜色真漂亮……”我想着，一阵没来由的窒息感汹涌来袭。我的思绪追寻着两三个这样的场面，而最后回忆起来的童年经历，虽然非常孩子气，但对于我来说，却是最本质、最根源的东西。

小时候，我在那座山的山脚住过几回。虽然它海拔不过千米，但在刚上中学一年级的我的眼中是一座高不可攀的大山。满目是郁郁葱葱的森林，占领了遍地绿草的斜坡和红褐色的山崖。山顶上有没有什么珍稀的虫子呢？这个念头令刚开始采集昆虫的我心跳加速。

一天早晨，我没跟家人打招呼，一个人悄悄地走在细细的山路上。寻找神话中日落之国的男子、挑战尼泊尔未知高峰的登山家，其心境想必与我仿佛。我一个劲儿地朝山顶前进，无暇回顾被我甩在身后的山下世界，只顾迈着疲劳的腿，一心想着未知的山顶。山路漫长，无穷无尽，淌出的汗水干了又淌出来。我觉得山顶近了，却总也见不着山顶的影子，以为转过这个弯就到了，却又见曲曲折折的小路绵绵无尽头，越来越陡，越来越细。

终于，我到了一个我觉得是山顶的地方，看起来却毫无山巅之风范。一些灌木和被风摧残的老树挡住我的去路，遮蔽我的视线，小路倒是呈现出下坡的趋势。这里还立着一块已经磨灭了文字的石碑。

我筋疲力尽，气也泄了一半，一屁股坐在树根旁。发热的身体被吹过的风冷却，抬眼望直射头顶的阳光，头有些晕。我迷迷糊糊地环顾四周，看见被雷劈后枯死发灰的树干，又看见被地衣剥夺了肌肤的老树，枝条上垂下几条蛇形的藤蔓。不可思议的兴奋感传遍四肢，一种幻妙的气氛充盈四周，说到底，那是繁茂的植被喷薄而出的芬芳。所有植物的每一片叶子都在贪婪地吸取阳光，静悄悄地喘息着。侧耳静听，双翅类昆虫振翅的嗡嗡声仿佛轻微的耳鸣，通过清透的空气传来。循声望去，它们悬浮在尚未被植物占领的空间里，四处可见。总之，庞大的、不可捉摸的，甚至是令人生畏的“自然”的气息，充盈于整个山顶。

我伸展着腿，坐着一动不动，忽然感受到身下巨大岩石的广阔无边，了解了头顶闪耀蓝天的深奥浩瀚。不用说，这是一种孤独感（尽管多年以后我才认识到这一点）。从未体验过的慵懒、寂寥和恍惚笼罩了我，肉体的深处奔涌而出的未知的力量驱使着我，不知不觉，我躺倒在草丛中，草叶尖轻轻戳着脸颊，怪痒痒的。恣意倾泻的盛夏阳光下，浓郁的植物芬芳熏陶着我，谄媚的昆虫振翅声逗引着我，博大莫测的大地怀抱着我。我，第一次亵渎了自己。

我若是说当时的我对“自然”抱有性欲，有人会笑我吗？

……时近黄昏，天空清朗的水蓝色带上了阴影，近似于早春黄昏时分的寒气悄悄地弥散开来。太阳收起了耀眼的光辉，挂在岛岛谷河左边的山脊线上。耸立天边的阿尔卑斯群山少了峥嵘严峻的立体感，多了些平面感和梦幻感。过不了多久，衬着夕阳的余晖和晚霞，它们将会蜕变成很长的一段深紫色的剪影。刚才少女的面容已然去无踪影，万物平和，在一切纷扰起伏都平息了的静寂天地里，我仿佛听到了山神呼唤自己灵魂的声音。屡屡造访我稚嫩肉体的宏大憧憬，令我颤抖起来，不由自主地向着自己的内心倾诉道：

“我是这个世界上和‘自然’最亲的人。是‘自然’生下了我。我绝不能忘记‘自然’。”

第四章

自从那以后，我的周边便有了广大的“自然”。

亲切的、冷漠的、沉默不动的、以独特的语言说悄悄话的、令人昏昏欲睡的、让人睁开欲望之眼的大自然囊括这一切。我的肌肤亲昵着它的本真，同时，一个丰腴的传说世界在我眼前铺陈开来。

人称“日本阿尔卑斯”的山脉，绵绵连连、叠叠层层，雄劲而优美，粗犷却细腻，屹立于天地之间。只要情况允许，说白了就是如果能搞到干粮，我便投身山中，逆流而上，纵行山梁。现在看来，那全然是年轻人鲁莽冒失的独行：毫无计划，用一次性登山绳从岩壁上爬下，从登山俱乐部借来鸭绒睡袋，在大岩石脚将就上一晚……没来由的焦躁情绪鞭策着虚弱的身体，我攀爬在冰冷突兀的暗灰色山岩上。有一次，我从三米高的地方坠落，流了点血，幸亏没摔断骨头；又有一回，在我穿越山梁的途中，遭遇暴雨和电闪雷鸣，冻彻骨髓。当时不是登山的季节，好不容易到达山间供人暂住的小屋，里头却没有卧具，令我整夜寒战不止。那时的我，也许和受神秘内力驱动而彷徨四顾的野兽有几分相似吧。

然而大部分时候，大自然还是善待我的。夜半的山顶，抬眼望，群星的阵列美得不似这世间之物。幽蓝的苍穹辉光湛湛，天底下，蜿蜒的山涧反射天光，溪水粼粼，姗姗来迟的新绿涨满山谷。我伫立天地间，心中涨满了幸福。山巅的空气是一种不可思议的清净之物，深吸一口，人世间的那些庸庸碌碌便烟消云散了。一种可谓是恒久的宁静，某样东西在寂静中发酵的气息，无言以表，只可用血液去感受的思绪，不时地掠过我的心头。

这时，我觉得自己一直寻找的东西会突然出现，地衣附着的岩石堆下，扭曲匍匐的偃松旁，潜流于落叶之下的潺潺小溪边……不知怎的，我就是有这样的预感，恰似早年我期待大镜子中可能会倏然出现某个形象……

说到当地的四季更替，冬季当真是冻得人皮肤生疼。山容却是严整威武的，这边的隆起，那边的凹陷，无不显出难以言喻的厚重感。眼前，有黝黑山肌上披着薄薄一层细雪的群山，也有反射阳光而耀眼夺目的雪岭；有令人惊叹的微细阴影的凝集，也有清净夺目的光辉……一切尽被严峻的寒气凝冻住了。

不消几日，春兆满天。堤岸上的积雪扑通滑入溪水，远山雾霭迷蒙，水汽悠游于山谷间。盆地上，婆婆纳开出了惹人怜爱的花。然而山上的春天总是姗姗来迟，上游的雪融化了，以至每一条山涧都胀鼓鼓的，浑浊的水流不遗余力地冲击着河岸。岩石被击溃，小径被冲毁，顺水漂流的木材被冲上岸来。这一幕幕破坏摧残的图景不久就会消失得了无痕迹，不过是每年例行的自然的胎动而已。阿尔卑斯的山坳满目苍凉，可谓是丰饶的废墟。且放眼东边低矮的山丘，比如钵伏山和三城牧场一带，春天快步从山脚跑上山顶。一层春雨，逗得落叶松爆出新芽。杜鹃飞来了，单调落寞的啼叫声回荡在山谷间，袅袅不绝。待到牧场的草地萌发，杜鹃花捧出花苞时，就有初夏的清风拂过树梢了。

那段时间，我曾多次躺在嫩叶招展的树林中度过一整天。手边摊着书本，却读不下去。几行字掠过眼，几行字沁入心中，夜不能寐的我即刻生了睡意，不可思议。浅浅的梦，夹带着几分悔意，来了，又走了。微风起，一片树叶率先招摇起来，紧接着整个林子的枝叶都沙沙作响。我微睁着眼，听到附近响起了轻妙的旋律。慵懒的长笛独奏，音阶郁郁地升起来，又郁郁地降下去。幻觉（或许是梦境吧）伴随着幻听出现了。躺卧在灌木丛中的牧神，缓缓地坐起身来，把芦笛搁在唇边。其风貌与神话当中丑陋多毛的形象不同，那柔韧的身体上有荷兰奶牛似的斑纹。这形象恐怕是来源于医专生向我展示的尼任斯基扮演的牧神吧。我就这样躺着，任由幻觉纷至沓来：林子深处淡青色的树荫下，隐约可见裸体的宁芙女神在梳理头发。多年以后，我看了里法尔扮演的牧神，敢断言，那远不及我当时稚拙却精微至极的幻想。雪白通透的宁芙柔柔地往后一仰，这幻觉便消失了。我抬眼望树梢间漏下的天光，享受身下小草按摩着后背。柔软的针叶飘落，轻轻戳了我的脸……

眼下，西边的山峦也迎来了真正的春天。上高地平原，百鸟齐集、莺歌燕舞，好不热闹。枞树率先蹦出芽来，别的灌木不甘落后，萌发出微微泛红的嫩芽。山崖下的树荫里，湿乎乎的地面上几天前还有残雪，如今也被一齐冒尖的绿草铺了个遍。小径旁开满了白色的小花，恰似盖了一层白布。往上走一段，可见森林中还有积雪盖路，树木旁的雪倒是化了，地面仿佛豁开一个口子。循着树皮上的斧痕继续往上走，就到了没有雪的偃松地带。山坡上的草皮干枯萧瑟，淌着融雪形成的小溪，弱水潺潺。这一带看似毫无生机，可是你瞧，已经有小小的绿色崭露头角了，不少小岩镜甚至已经挂了花苞。在高山上，漫长的冬季刚过，春夏两季接踵而至，不消半个月，山坡便会被无数丰腴的金莲花的花瓣所覆盖，形成一片黄色的花海，变化之神速、之鲜明，堪比魔法。无数生长在高山的植物，比如沙砾地带三五成群开放的驹草，在不起眼的角落孤零零地开出高贵紫色花朵的黑百合。这些花朵似星星，似吊钟，或是形状不一……看着这些争奇斗艳来吸引虫子的有机生命，我不禁叹服于大自然的匠心。

接下来，我必须写那些会飞的花——高山的蝴蝶。外形普通的日本红眼蝶和波翅红眼蝶，仰仗醒目的红褐色斑纹，远比同类来得惹眼。她们从五彩缤纷的花海当中悠悠现身，一转眼又投身花海。秉性迥异的荨麻蛱蝶，敏捷地掠过空中，停在岩石上歇息，翅膀开合了两三下，又如电光般飞走了；黑缘豆粉蝶的黄色衣裳上装饰着黑色带纹，两相对照，十分醒目。它犹豫徘徊于蓝莓周围，终于找到一片中意的叶子，弓起腹部，产下雪白的卵；还有那温文尔雅的红襟粉蝶，一袭高贵的白衣，莫非是风的精灵？这小天使的前翅闪耀着玫瑰红，那种朝霞般的颜色只有幸运的山民才能偶尔见到。我躺在地上，她们掠过我眼前，一只接着一只，或落在花上，或与风嬉戏，炫耀着华美的衣裳。这是我第一次亲眼看到活着的红襟粉蝶，但无心捕捉她们。昆虫收藏家有个坏习惯，就连赫德森这样的人也坦白道，不论是何等美丽的蝴蝶，只要是常见的品种，在他看来便不美了。然而，我的审美已经回到了幼年。“是怎样一种神秘的偶然，在她们的翅膀上创造出如此美妙的斑纹和多彩的漩涡呢？”我看得出神，回过神来时，我微笑了，为她们，也为我自己。

……我凝视着她们。那彩虹般的光彩，那灵动的振翅，令我回想起很久以前，我无数次拿着破陋的网兜，屏息吞声地偷偷接近她们的同类的日子。草丛的热气、强烈的阳光、少年时代的乐园，一一浮现眼前。业已忘却的悸动，如微光，在沉静的心灵深处复生。她们，该不会是这世上仅存的精灵吧？那么的弱不禁风，那么的优雅娴淑，无声地燃烧着从我眼前飘过……古人把蝴蝶与灵魂联系在一起的心情，我领会了，也同样编织起单纯但富有象征性意味的故事来，重蹈被大千世界所震撼的原始人的心路历程。

又有一只孔雀蛱蝶降落到我的面前了，带着她那迷人的眼状斑点，裹着一身光辉。这种蝴蝶的拉丁文物种名来自传说中的少女伊娥。她因爱情纠葛被变成母牛，后来又受到宙斯之妻派来的嫉妒之虻的滋扰，辗转于各地。在一个陌生的国度，太阳升起时，从困倦中醒来的少女膝边，刚羽化的柔嫩蝴蝶飞起来了。少女的泪滴在蝴蝶的翅膀上，从此，孔雀蛱蝶的前翅上便留下了伊娥凄苦的泪痕，亮如珍珠。说起传说，混迹于树下草地中，舒展着轮生叶的车叶草，得名自“帕里斯”——那位将刻着“给最美的人”的金苹果赠予维纳斯、导致一场经年战争的美少年；又如筒花木藜芦，以质朴的花姿展现被太阳神阿波罗所爱的琉科诺厄的颈项之白。簇集于山脊沙砾之间的岩须、开着铃铛状小花的青姬木，被冠以与仙后座、仙女座相同的拉丁文属名。到了晚上，同名的星座仿佛近在咫尺，清晰地展现出我所熟悉的形状；而在夏季的夜空，则另有武仙座、白鸟座、蛇夫座、天蝎座、射手座现身，这些星星组成的阵列，讲述着各自古老的故事。

有时候，在倾泻而下的光的微粒之中，在极度透彻的大气之中，我突然冒出一个念头：莫非，自己属于原本以为与自己扯不上干系的、世间称为“诗人”的那一类人？我感到体内升腾起一股力量，近似于小学时那股驱使我作画的力量。我伸出手去，去摸索那难以捉摸的影子，一种不知是憧憬还是渴望的心情，令我痛苦。然而，这股力量仅仅令我的嘴唇微微颤动，没有形成言语，仅仅在我喉头打着旋，在我心头激起涟漪，没过多久便动摇了，消灭了，不知上哪儿去了。我的心里空荡荡的。“像我这样坐在这儿，谁都会胡思乱想的吧。”我自言自语道，为自己的妄想感到羞耻。一会儿，我又有了新想法，“说不定、说不定，有一天我会开眼的，我能透过现象看到事物的本质……”我皱起眉、努起嘴、耸耸肩，最后从背包里取出饭盒，狼吞虎咽，又抓起面包啃咬，边吃边想：世上有这么贪嘴的诗人吗？

保持平和的心态何其困难。就像那高山易变的天气，焦虑感来了，目的不明的欲求来了，原因不明的烦恼来了；有时，激烈的情欲碾压过胸口，紧接着可怕的寂寞充斥四周。

我发疯了似的坐起身来，俯瞰青空下美丽和谐的世界。万物坦坦荡荡、清洁高贵，又是那么的冷酷无情。“自然”的每一个片段都是何等的有秩序，何等的相统一，何等的均齐啊！我粗野地扯断草，把脸凑在露出地表的黑土上磨蹭，下意识地寻求着野兽的气味；我祈祷自己被雷劈死，还动了扼杀雷鸟幼雏的念头；我在陡峭的斜坡上翻滚起来，憎恨冲鼻的植物芳香。我失去理智地翻滚，直至树干阻挡住我的躯体，树枝划伤了我的手，我也不站起来，只是把干渴的嘴唇贴在伤口上，吸食起流出的血，就像是一头受伤的野兽。

不久，安详平和的清秋来了，暗示着不久将至的凋落和凝结。

一片黄透了的岳桦叶子悄悄落下树梢。顷刻间，山谷间无数黄叶乱舞，委身于刮起的风，飘荡在硬朗湛蓝的晴空下。华美的花田已然显出颓色，暗了下去，一阵霜袭之后，更是蔫得面目全非。与入春时相反，伴随秋季而来的肃穆的崩解和衰退从山顶开始往下蔓延。山麓的草木，或变黄，或带上深红，或呈现出茶褐色，承受如珠玉般柔和的日光照射，燃着最后的光辉。森林深处荡漾着潮湿的落叶气息，落叶松的针叶铺洒在林道上，夜雨将它们分成条条缕缕，形成淡褐色的纹路。

尤其是清澈的梓川，有一种难以言说的微妙变化。落寞的、虚弱的，比先前更加纯粹的水色，令人感受到有一种什么东西逼近了——它很快就要到来了。有朝一日睁开眼睛，遥望天边灰白色的巨大岩块上、万丈高峰间，或许就能看见雪女降临人间后留下的淡而真切的痕迹。过不了多久，羸弱的日光尚在安抚褪色的红叶，却已经有一种细碎之物撒落在山间小屋的四周——那是雪、覆盖一切的大雪，派出先遣部队来了。

一切的一切，都将在白色的严寒中沉沉睡去。

* * *

前面的文章中，我讲述了各个层面的追忆。

不论记忆多么幼稚，也会逐年成熟起来；回忆中出现的自己即便是天真的孩子，其实和现在的自己没有区别。但似乎也有这样的记忆，它深深埋藏着，丝毫不受时间的影响。这是因为我们的内心深处有一个部分，那儿的时间停滞了，或者只在原地打转。只有当这些深藏的记忆浮上意识表面，人们才会觉察“时间”的存在吧？才会思考起身处“时间”当中的自己吧？才会意识到，形成自我的诸多要素，扎根于比我们想象的更加深远的事物之中吧？

我想在这里写一两件轶事和复苏的童年记忆，但似乎这件事情做起来很困难。倘若一个故事无法表达它的真意，读者读到的只是概略，那又有什么意义呢？每一个人都是带着故事来到这个世界的。对于这个人而言，那些真正有分量的体验，或许本来就包含在体内的故事之中吧。无论多么细碎的事情，都有其深意。“偶然”这种东西，远比人们想象的要少得多。

那是一条平凡的山谷间的小路。山谷逐渐狭窄收拢，山水冲下屹立的山崖，形成一条小小的瀑布，落到下方白浪翻滚的溪流之中。山谷中不时出现岔路，有时还会经过令人胆寒的吊桥，我往前走着，伴着单调的溪水声走了好久，心底却总有一种挠人的不安，一种与宁静相通的茫然的焦躁。不知走了多久，路的一侧赫然出现一个山谷，深处的一挂大瀑布跃入眼帘，不知为何，我被它迷住了。树木间若隐若现的白色水幕，不过是司空见惯的景色，眼前的瀑布却牢牢地吸引着我，无论如何也想靠近细看。

先不谈瀑布，说一说来时一路的风景吧。那天，我第一次造访这个山谷。入口处栽培着山葵。山涧那开阔的河滩上，布满了山葵圆圆的绿叶，四周打了木桩，拉了铁丝网。我触摸着冰冷的铁丝，望着绿叶田田，经过这里。走了很久，到了远离人间烟火的地方，在岩石间升起小小的篝火，不为时间所拘，煮了半斤多的米饭，撒上大酱粉，慢悠悠地吃起来，吃完望着天光下越来越小的火苗，等它熄灭才动身。就在这时，我看见了一幕久违的风景。

山谷里满是扑闪扑闪的白飞蛾，宛如被风吹散的花瓣，又像是将无数细碎的纸屑撒向空中。我没忘记，这是白天活动的黄足毒蛾，现在是它们的羽化期。自从来到信州，我还是第一次看见忽高忽低悠悠飞舞的黄足毒蛾，它们一点儿也没有变。小时候在伯父家的后院见过，就在姐姐沉沉睡去后被“死”带走的那天。它们环绕在自己的“故乡”——一棵树皮上长满疙瘩的灯台树——周围，无休无止。我走过去，双手抚摸粗糙的树干。树干上附着好几个破了的蛹壳，还有蛾子产下的浅黑色卵带。一切都是老样子。早年还是蒙童的我，也是这么抚摸树干的。抬眼看被贪婪的飞蛾幼虫啮噬得只余叶脉的树梢，莫名的怀恋与寂寞霎时涨满心胸。我离开那儿，走在越发窄细的小路上，那情愫依然萦绕许久，将我拉回遥远的往昔。

……眼前出现的瀑布牢牢地吸引了我，我要近前去看，没有任何的顾虑。没有路，我踩在滑溜溜的石头上，拽住山崖上垂下的藤蔓，艰难靠近。不多时，便有细碎冰冷的水珠乘着风抚摩我的脸面。脚边，湿漉漉的蕨叶小幅颤抖着。我没法再靠近了，因为岩石太陡太滑。我一只手抓住岩石角，正犹豫下一步该怎么走。就在这时，一个闪烁耀目的东西划过眼前，我打了一个激灵，身体僵住了，眼神却是专注的，追随那银白色翩翩起舞的尤物，辨明了它的身份——银灰蝶！那璀璨的鳞粉光彩，曾经给我施了幻惑的魔法。

一瞬间，我想起来了，那个逝去的遥远往昔：

……我的身旁，有一个微微驼背的身影，穿着深灰色的衣服，摇摆不定，那必定是父亲的背影。母亲也在，优雅地站着倾听向导的解说，面容没有浮现。年纪尚小的姐姐像是害怕水流坠落的轰鸣，一只手紧紧地抓住我的手。瀑潭处白沫升腾、朦朦胧胧，脚下的岩石隆隆作响。

我又想起了一些……

“那个……刚开始……”姐姐在讲瀑潭的传说，扭捏着身子。

“樵夫……”母亲助姐姐一臂之力。

“有个樵夫，被蜘蛛的丝缠住了脚。那个……蜘蛛……那蜘蛛叫什么来着？”

可爱、纤弱，如精雕细琢的人偶——姐姐的姿态跃然眼前，连带起许多情景：蚊帐上的波纹如水底的风景，那些在蚊帐外侧扑扇翅膀的夜访者……我甚至能真切地听到母亲和姐姐安详的鼻息，还有父亲的翻书声。

心头波澜起伏，双膝震颤不止，我不由得俯身，把脸紧紧贴在濡湿的岩角上，许久许久。酩酊之间，我抬起脸，感觉周围的风景都变了样。那遥远的童年，忽然回到徒长体格的我的身体当中了！外界的变化竟然如此鲜明，内部的移转竟然如此突然。早年，我得了肾病长期卧床，病情好转后经大人同意第一次外出，就在那一天，我也体验过这种耳目一新的感觉。时值初春，从檐廊步入庭院中，被霜耕耘过的黑土的潮气透过木屐挠着我的脚丫。我就像个蹒跚学步的婴儿，颤颤巍巍地迈着脚步，吸入轻快爽心的空气。在我眼中，周身的世界无比新鲜，深广不知底。

且说山谷间瀑布前的我，连肌肤都真真切切地感受到了童年：深邃湿润的触感，几层暗影蒙蔽的昏暗世界，那世界中怯生生地圆睁双目的幼小的我……瀑布的寒气阵阵袭来，我感到忘却的东西回归了。那么些重要的东西，人怎么会忘了呢？

我身旁有一丛湿透了的蕨，叶片小幅快速颤动着。那濡湿的绿仿佛融化了，流进瀑潭里。

另一则轶事，是在学校图书馆的书库中发生的故事。那天，我向只是混了个脸熟的德语老师提出请求，请他替我借一本书出来。若要给旧制高中找缺点，“尊重”深居简出、不常在课堂露脸的怪学生便是一例。教授看了看我睡眠不足的脸，马上点头同意，让我与之同往。两人路过图书馆的办公室，登上通往书库的楼梯，推开咿呀作响的厚重大门，穿过满满当当塞着书的一两个房间。清冷沉郁的空气包围了我，尘埃和霉味刺鼻难闻。

我想起了现已荡然无存的伯父家的一个房间。那是一间西式房间，用作仓库。父亲遗留了大摞大摞的书籍在那里，贴满标签的大旅行箱、衣物箱、画轴盒等层层叠叠。此外，我的几十盒标本也放在这里。窗帘总是拉上的，从窗帘缝隙间漏进来的虚弱阳光，无力地照着蒙尘的物象，也勾勒出天花板上垂下的蜘蛛丝的形迹。我在这间房中待了片刻，心如止水，一切悄无声息。我取出茶褐色的沉重的标本箱，望着一群蓝蓝绿绿、光泽恰似宝石的金龟子：赤斑金龟像是中世纪骑士的甲胄；虎皮斑金龟让人联想起古代皇家的徽章。接着，我把目光转向了陈旧、严肃，与孩子格格不入的父亲的遗物，伯父说这些东西等我长大了就是我的了。我拿起画册翻阅，有僧侣手绘的古代肖像、文艺复兴时期巨匠作品的精美照片。潮湿的纸页一经翻动，便发出极其细微的声音。打开另一个旅行箱，里头装着写有“大日本帝国政府”字样的护照、印有一连串“0”的德国马克纸币，许多外国的明信片、剧场的戏票等什物，全都散发着霉味。我莫名感觉亲切，内心平静，挨个细细查点，微微驼着背，脖子稍稍左倾，许久许久……

“就是这个架子。”教授忽然停住脚步说道，嗓音嘶哑却通透。

我缓过神来，看着眼前书架上成排的书，装帧各异的书脊上，印刷着人尽皆知的作家们的大名。齐胸高的那一层里，正好有我想看的。淡茶褐色的布质封面上烫着金字标题。我像孩子似的，既兴奋又陶醉，让我想起早年拿到昆虫图谱时的紧张心情，以及后来进了昆虫爱好者俱乐部，从别人手里接过内部刊物（标题下写有不知其意的外国文字）时的酩酊。

“没有约瑟夫，是谁借走了吧。”教授说，“那就找些你想看的吧。我也有东西要找。”

他说完便走开了，地板嘎吱作响，书库内显得异常空阔。

两三个月前，出于某种机缘巧合，我参加了一个叫作“德语研究会”的学生团体。拿到讲义一看，以我的德语水平是万万跟不上的，而且这个团体有兼德语补习班之嫌，我差一点溜出教室，倒是讲义的开头一行文字把我留下了。这句话是：

“名为‘过去’的泉水很深……”

这是那位吕贝克的诗人历时十六年写成的长篇叙事诗、如金字塔般宏大的作品《约瑟夫和他的兄弟们》的序曲《地狱环游》的第一行。当时的我自然不知道这回事，只是被撩起了兴致，老老实实倾听了教授逐词逐句的翻译。期间睡意袭来，便趴在桌上打起瞌睡，而意识未眠。教授译了一段，说起《地狱环游》的梗概，嗓音低沉却通透，令我想起当年讲解瀑潭传说的向导。教授讲解的自然不是女郎蜘蛛的故事，而是一个更奇妙的、更有象征性意味的、更古老的传说，是一个意味深长的寓言：东洋太初的认识论，有关希伯来古人的奇妙传说，无形的物质和被它吸引继而俘获的灵魂，被遣下凡拯救灵魂的精神……是什么魅惑了我的心？是什么在我未开化的心灵上发了芽？我至今没有参透这个难懂的故事，但它就像早年的瀑潭传说，渗透进我的心。之于我，那是一种感觉，而非认识；是一种感情，而非概念。我从此认识了“他”，并开始阅读“他”。人的一生当中，还有比第一次投入全身心的阅读体验更特殊、更宝贵、更灵妙的东西吗？对特定事物的献身性的认同，对其他一切事物的无可救药的疏远……可以说，这就是精神的初恋吧。不管它是什么类型，对于当事人而言，都是不可复制的经历。

万籁俱寂，我拿了一两本书，眼光追索着译文早已烂熟于心的那些德语文段，之后把书放回书架，呆呆地看着印在薄薄尘埃上的自己的指痕。微弱的光从窗口进入，无数书的皮质封面反射出黯淡的光泽。它们统一佩戴“书籍”这个面具，缄口不言，不希望被人阅读，只是倨傲地、顽固地端坐着，一味地堆积，蒙尘。

我的鼻孔抽吸着空气。老房间的潮气和霉味流入我体内时，我已经是站在父亲书库中的我了——不是在伯父家的房间中拨弄画册的少年，而是那个徘徊在书架之间的幼童，头顶是被煤灰熏黑的高高的天花板。动一动身子，地板就像受了惊吓似的嘎吱作响；看那边，大概是辞典的厚书投来猜忌的视线；看这边，红色封皮的书朝我亲切地眨巴眼，跟小时候一样，我赶紧回报以视线。我甚至觉得，那扇把手损坏的门随时会悄悄地打开。

脚步声传来，教授回来了。我从梦想中脱身，借了一册刊载了“他”的自传的德国杂志《新评论》，其中的一页印着《马里奥和魔术师》的广告。大巧若拙的钢笔画勾勒出一个滑稽的魔术师形象，也勾起了我关于热衷于魔术的叔叔的记忆。

记忆这种东西，层层叠叠，多么的错综复杂啊。

与上文叙述的故事几无瓜葛的当下，我依然会在不经意间想起一些往事来，有关衣鱼的回忆便是。大概是在父亲的书库中吧，我发现一只细长的虫停在书的边缘，一动不动。我以为它肯定不善逃跑，伸出手指去碰，不料这家伙敏捷异常，转眼间消失了。指尖上留下一些熠熠生辉的银白色粉末。这种虫子我以前从未见过，它与书库不协调，可能是来自母亲房间的移民吧。银白色的粉末耀眼得很，我把它蹭在裤子上，担心手指会烂掉的同时，心里又有一丝酸甜的眷恋。

我还是蒙童时，父亲庞大藏书的一部分在伯父家的一间房内堆积起来。后来我慢慢地识了一些字，还是没动读书的念头，顶多读一些有图画的书。它们太倨傲了，那就让它们倨傲去吧，我也拿它们没办法。

我是什么时候开始读童话的呢？又是美人鱼，又是妖精，又是红蜡烛，好多东西一齐挤进大脑，让我头昏眼也花，难受得很，从此便不读书了。我不由得思考，那些看杂七杂八书的人，心里到底在想什么，不会晕得慌吗？……我没有想过写书的人，倒是思考起装订书的人来：他们长什么样？什么打扮？如何裁纸？如何给封面上色？我自己也盘算着做一本好看的书。背靠书山，我觉得自己下辈子会变成一本书。要是真变成书，我就要变成那种形状、那种颜色的，埋没在书库昏暗的角落，屏息吞声，免得有人来读我。

我手头有一张父亲的照片，我觉得父亲是个非常可怜的人。从他极度疲倦的眼神中，我读出了他想睡一个安稳觉的渴望。渴求安眠却不得不瞠目注视，还有比这更可悲的人生吗？父亲毕生的成就并不多，但比起那些安居于某个世界中的学究，他的一生尚属安乐。我觉得，假使他不与那些书一起生活，他的脸上或许会多一些幸福吧。那些书是如此的倨傲，力道想必也是大得很。

如今的我，非常厌恶翻书看，并为此不惜付出巨大的努力。

……说回我自己。那天，我像怀揣宝贝似的，抱着刚借来的《新评论》走在路上，脸上恐怕是梦游者的表情。

街上有了初冬的气氛。不知几时，四周起了灰蒙蒙的雾，行人竖起衣领，匆匆赶路。时不时有稀薄的日光穿过雾气，收敛了光色，淡淡地照在河面上。雾中鳞次栉比的民居，像是趴着的衰老动物。地面很硬，地底已经开始悄悄地凝结。

那时的我，实际上处于半梦半醒的状态，方才苏醒的记忆占领了我的大部分心智。我觉得，这种填补早年记忆空白的过程，是一种步步剖析自我的行为。我陷入了充实的恍惚，淡薄寒雾笼罩的街景，不过是眼前掠过的梦境罢了。

缓过神来，我这才发觉进了一间坐满人的大厅。我怎么在这儿了？一时间没反应过来。眼前的高处搁着留声机，人们静静倾听着它奏响的音乐，有的人抬头闭眼，有的人则把脑袋埋在胸口，仿佛每个人都在举行各自的仪式，有些严肃，又有几分滑稽。

我怎么混进音乐会来了？心里正纳闷，还是找了张椅子坐下了……不久，音乐停止，周围的人站的站，坐的坐。人声喧嚣加重了我的孤独感，从身下那张坚硬冰冷的木头椅子上，我感受到自己的体温。很快，场内恢复安静，耳边传来熟悉的旋律，是那段渐次高亢又低落的长笛独奏，使我立刻陷入了奇妙的酩酊。这时，我才回想起刚才步入公会堂时，看到告示牌上的演奏曲目是《牧神的午后》——不对，应该是我看到曲目后才走进来听的吧。

我闭上眼睛冥想——这是我年少时经常做的自我

催眠，一种自由自主的仪式。

在摇曳纠缠的乐节中，我看到了——幽暗的树荫下，牧神慢悠悠地坐起身，把芦笛搁在唇边，头顶上方的银绿色的橄榄叶微微摇曳。瓦蓝的天空清澈无比，希路士驾驭的神圣火之车光芒万丈，驶过天际。这儿是古老的土地阿卡迪亚。岩山绵延，山上有无数蜂巢一般的岩洞。原始的森林间，绿影晃动，日影斑驳。我看见了几位宁芙女神，纤细的胳膊、秀气的肩头、通透的裸体。蜥蜴从全缘贯众的叶片下溜过，皮肤反射阳光，五彩斑斓。芦荟宽大的叶片上，一只金龟子展开被雨打湿的翅鞘起飞。无数的蛾子齐齐飞起，它们小幅扇动翅膀，包围了宁芙女神、动植物和我。它们的眼里燃着妖异之火——红色的、绿色的、金色的、银色的，美得可怕的复眼。我仿佛身处梦境，心想：我也许在那个时候领略了“美”的真身——那一具我有没资格欣赏的裸体……我走在联想的必由之路上，梦见了古画中所描绘的“美的诞生”，即将金箭交给厄洛斯的女神的诞生场面：普照大海的阳光下，一个高贵精致的身姿浮出水面；在这个代表着神的思想的纯粹的形态周围，海神尼普顿挥舞着三叉戟扬起飞沫，唱赞美之歌；四位季节女神等待着给水中现出的高贵头颅戴上不死之冠……

长笛的旋律又来了，犹犹豫豫、唯唯诺诺、断断续续。人头齐整的听众席在我看来竟如辽阔的海洋，忽然有一个人忽地起身，朝我这边走来。我虽然是半梦半醒，却也惊叹了——她竟如此酷似我心目中的那个形象！

少女身穿清爽的柠檬色毛衣，身姿完美再现了宁芙女神的袅娜。要说她那细长清秀的脸具备女神的美，显然是言过其实，但的确与我梦境中的面容一模一样。淡褐色、慵懒而柔美的头发散乱在肩，她微微低着头，表情有些焦躁，略含嗔怒。她轻咬着下唇经过我身边，乌黑眼眸闪烁的一瞬，我觉得再也没有比这更撩人的了。也许有人会觉得这样写一个小姑娘太过夸张，且不妨回忆我的往事。譬如，在我的童年记忆里，那片空地和生息其中的虫类，是多么鲜艳水灵啊！简直不似凡间之物。

在公会堂门口，她把一直拿在手上的一件像是男人穿的雨衣笨拙地套在身上——我几时起跟在她身后了？！连我自己也不知道。当她披上那件相当老旧的灰色雨衣，没有发育完全的身形越发楚楚可怜了。

她低下头掸去灰尘，撇着嘴看写有演出曲目的告示牌——她的下巴微微前凸，嘴角荡漾着无限的纯真，包藏些许冷淡——接着抬起右手，用那纤细而骨节略微突出的手指，撩起垂挂在琥珀色脸颊上的头发，然后用孩子特有的端正步伐径直走。

我陶醉了，不由自主地跟着她。

街市雾霭弥漫，一间间民房萎靡地粘连着，轮廓模糊。地面又湿又硬，时不时有奇妙的感情刺激着我。这份沉静阴柔的感情是什么？恰似眼前那绵软的雾气，弥散在这暮光之城。我收敛起脚步声，刚从纠缠我不放的恍惚中清醒，目光又落在几米开外的珍贵身影上，像是在欣赏一个奇迹。忽然，前方的雾散开了，几道落日的余晖将少女的头发染成火一般明艳的红棕色。

回忆勒得我难受。

在车站前的广场，一列又老又小的市内电车挡住了少女的去路。这时我追上了等待电车驶过的少女，见她苍白的脸颊冻出了红晕。她那细细的弯弓眉、扑朔不定的眼神、有些大人味道却略带不安的嘴角……早年我为之倾心的几个人的形象刹那间悉数回归。这么说吧，少女的美，在我的内心是最独特的，却也代表了某种类型，是一种人所共知的东西。

大概是某种巧合吧，这位面无表情的少女（光线作用下，显得阴沉忧郁）忽然把脸转向我这边，她那狐疑的目光扫过我身上的时候，一阵从未经历过的异常强烈的羞耻和狼狈让我低下头，脚步也迟疑了。我呆立不动，目送少女的身影消失在车站里。（以下借用“他”的表达方式）她哪里知道，这一刻，在我的眼里，世界上的一切事物，都复杂地带上了哀伤的色彩。

眼见煤烟慢慢升上低矮压抑的天空，耳边传来蒸汽机车那令人心慌的轰鸣声。过了一阵，我才发现刚借来的《新评论》遗失了，顿时慌了神。

* * *

时间碎步缓行。

回想当时，那一段紧实而致密的时间是空前绝后的，单看日历，这段时间并不长，但就像幼时的灵魂贪婪地汲取外部世界一般，这段时光也给我留下了不少东西。

这段时光的确是童年的再现。所谓的童年，是神话在个体上的重复，是超越时间的公式，是循环往复的体验。这段时光里，我的生活被三样东西规定着：复苏往昔的记忆、赞美吕贝克的作家、淡淡地恋着不知名少女。

枪岳——阿尔卑斯山的前卫峰，为这段时光增色不少。它裸露出风化的岩肌，山坳升腾起积雨云的时候，出于偶然，我踏上了一段漫无目的的旅程。魔术师叔叔已经在京都自立门户，每个月都会给我汇一笔数目可观的钱，我权当路费了。

这是一次自由散漫的旅行。我先是乘上开往北陆方向的火车，不管停靠在多么偏僻的地方，只要是兴致所至，便任性下车，没头没脑地走起来。再也没有比这更适合我的旅行方式。我甚至不太清楚过去了几天，如今自己身在何处，列车晃晃悠悠驶向何方。

在一个陌生的小城，我看了一场电影。那是一部安静而伤感的早年的外国电影，中途胶片断了几次。之后我来到沙尘弥漫的车站前广场，混迹于孩子们之间，看拉洋片。乘下一趟列车的时间到了，好不容易挤上列车（记不记得那个从车窗钻上爬下的年代？），我的目光便追逐起单调而陌生的景色。低矮的丘陵连绵不绝，片片水田被列车甩在身后，过了几个村、几座城。夜幕降临时，松树林的另一侧便是铅灰色的辽阔大海，想必那就是日本海吧。我在下一站下了车，月台上连栅栏都没有，和一个身上有鱼腥味的男子出了检票口，经过疏疏落落的几户人家，朝海边走去。

荒凉的沙滩在我眼前铺展开，飘来礁石的香气和类似煤焦油的气味。我深一脚浅一脚地行走在松软的沙上，悄无声息。走得累了，打算露宿海边，便去了一条小船边坐下，缀接起我煞费苦心凑集起来的童年记忆的片段。黑色的大海轻摇静摆，低沉的夜空下，波浪的低吟声声入耳，我继续着我那重要而徒劳的作业。第一章中提到的幼年回忆已经回归了，它们或从每晚的梦境中，或从纤微的气味中，或从某个稀松平常的风景中，奇迹般地复苏。

求索失却的过去，对于我来说，是探明自我的过程；并非是徘徊于脑际的絮絮叨叨，而已经成了牢牢扎根于我肉体的生理行为。空地上成片的鲜嫩杂草、昆虫那不可思议的形态、充满客厅的柔媚的漆黑、早已离我而去的故亲……我一一记起。我隐约领悟到，我对自然的乡愁各有各的原型。我还理解了，展现在我眼前的自然之所以如此甘美，简直甜透了我的心，正是因为它的背后飘荡着墓碑林立的坟地中的气息、“死”的影子。只有一样东西总不能现形，那就是母亲的脸。我记得她那优美的体态，记得她的一举一动，记得她声音的抑扬顿挫，唯有她的面容，我求之而不得。

我常常梦见白色朦胧的人像，伸出手去，便醒了。那一夜，这个梦又来了。暧昧不清的形象消解了，眼前是青黑色的无边大海，耳边是和缓的波涛声。我躺在潮湿的沙地上，运动着已经凉透了的身体，感觉自己成了无邪的幼儿。

我在小客栈的被子中过夜，也在野外或车站站台的一角露宿，那可比在几千尺高的山脊上迷迷糊糊地过夜舒服多了。旧制高中生夏季也穿着走路的斗篷，真是得力的好东西。那几天夜里，在灯蛾飞舞的灯光下，我反复品味那位诗人，品味已经与我不可分离的书，品味洗练文章中的几页（内容始于对死的亲切感，终于对生的意志）。读了一阵，我抬眼望星空，反刍几行走心的文字。

他那有关精神和自然（也可以叫作“生命”或者“肉体”）的悖论在我身上起了作用，尽管我只不过领略了它的皮毛，过程中也发生了很大的扭曲变形，但这思想会彻底融入我的情感。尚未离我而去的稚气没有疏远这反讽，反而亲近了它。精神和自然，这两者本来就不是对立的。从一个角度看，会看到前者；从另一个角度看，看到的将是后者。但对两者的区分自古就有且从未间断过，这也许证明了人是兼有理性和感情的动物，也证明了我们的所思所想受童年时期的影响之大，超乎我们的预料。总而言之，与这种童年时期的感知相近的种种观念顽固地在我的心里扎下了根，过程中体现出年轻人愚鲁的极端性，我所呼吸的山巅空气也起了推波助澜的作用。在那儿，我的精神和肉体都被施了魔法，相比具体的事物，更偏爱酝酿抽象的东西，譬如："美，是能够凭感觉接受的精神界事物的唯一形态""精神若不借助肉体，则不能升华为高贵的静观""神只存在于所爱的事物中"（这是最细腻、最具嘲弄性的思想）……诸如此类的古老思想被我大张旗鼓地挖掘出来，进而被我淳朴而热烈地照单全收了。于是，我心中产生了一系列荒唐的心理活动：我赞美转盘子的少年，赞美俨然是个"人物"的棒球队领队，赞美身段苗条的母亲、姐姐以及她们的同类人，但赞美中掺杂着一丁点轻蔑；同时，我又为自己瘦弱的身体感到哀伤，哀伤中又有一丝自豪。我年纪尚轻，以至于我深信人生来便被打上了烙印。到后来，人在回首往昔，回味早年生根发芽的思想时，不免难为情起来，就像窥视自己的私处一般。然而我认为，人总有一天会反省自己，那纯粹和愚劣交杂的观念，其实是正确的。立足现在回顾过去，给我日后的放浪生活以一定缓冲的，便是那些在山巅进行的思考，那些带着乳臭的观念。可以这么说，不论外表呈现出怎样的彷徨和迷惘，而在灵魂深处，一切都是了然的。后来我经历了很多事情，但比起风平浪静的当时，可以说是什么也没发生。

……我走在多个城市的街道上，伫立在简易窝棚林立的战后废墟中，记起了大火中死里逃生的那一夜，仿佛那是很久以前的事了。当时，我的眼睛失去了视力，如今心有余悸。我在废墟和灰烬中，领略了许许多多的“生”和“死”，然而实际上，这等于什么都没看到。浑身湿透的我在被火星灼伤的一只眼睛上缠了布条，混迹于领救济饭团的队伍中。每次挖壕沟，都能发现被活活烧死、埋在土中的发臭的尸体。而我，连旁观者都算不上，我甚至不是自己的旁观者。我的灵魂，被一种叫“体验”的东西催熟了。这个念头给了我一些活气，也给了我等量的忧郁。

此后，我混迹于猖獗一时的黑市，在拥挤的人潮中沉沉浮浮，目光越过那些与自己毫无关联的人的肩头，落在摊头贩卖的杂物和食品上。我很喜欢这里，不用担心被熟人叫住，问这问那的。在用饭票消费的食堂，我吃了两人份的饭食，奢侈了一把，吃完坐在公园的长凳上长时间沉思；或者倚靠桥的栏杆，俯视桥下漂着油渍的黑水缓缓移动，目送船只悠悠荡过。此时的我，就像那位沉溺于倾听“每晚，一个女人从衣柜出来”故事的男人一般小声咕哝着：“这是条河，称为‘河’的东西。它那俗气的名称我不知道，真不错。”

在模糊不清的旅途中，人群当中，火车车厢内，偶尔会有某些相似的眼神、某种别致的面容掠过我的视线，这时，我的胸口便燃起隐隐的疼痛感。当瞥见慵懒如波浪般起伏的头发，我的心有时也会被触动。

某个形象，领略过三番五次之后，有的便渐渐地褪去了颜色，有的则相反。只有无常的、游走的、深邃的、无法确切把握的事物，才会每次都向人展示新的一面。也许，与我绝无交集的异质世界，才是憧憬的源泉吧。

那位在音乐达到最高潮时起身的少女，那位瞬间铭刻在我心头的少女，毫无疑问，是由与我不同的物质所构成的，那头发、那颈项、那身体……我从她身上，发现了曾经吸引过我的“那些人”的身影，同时看到了“自然”本身。这种晕眩的感觉，在我每次看到她的时候一再加强，而且就在我本确信所有的晕眩已经离我远去的当下，这种感觉依然延续着，连我自己也觉得不可思议。憧憬的确是无知的产物，即使认识日积月累，以至于陶醉的领地日渐狭促；即便如此，依然会有晕眩残存到人生的最后一刻吧。

初遇三个月后，在某画家的个人画展上，我又遇见了与女伴同来观展的她。

据说这位画家住在日本阿尔卑斯的山麓，专事山景画的创作。此人画工精湛，相当漂亮，却也相当平庸。虽说如此，我还是成功地从个别画作中提取出我曾亲眼见过的风景。当中有这样一幅画，它所描绘的，是早春的山谷风光：残雪贴着山崖背阴处，柔和的阳光洒在岩石、枯枝和浑浊的水面上。我站在这幅画前时，不可思议的情感俘虏了我，仿佛寻回了弃置多年的宝物。没错，那是我初进山时经常歇脚的地方——在那里，我折断树枝当拄杖，山崖下有一个很大的红蚁蚁巢，在河的岸边冷却疼痛的脚……

欣赏片刻，绘画与我心目中的印象发生龃龉，以至于不满情绪愈演愈烈。当我移步欣赏下一幅画时，蓦然发觉身旁有一位窈窕淑女——曾有一面之缘而难以忘怀的那位少女，就伫立在我的身边。她说不上有多么美，正和女伴谈论着和画作不相干的事情。

我没有太吃惊，甚至认为她站在我身边实属天经地义，就像画家把现实中的一棵树画在画上那样，自然而然。感觉她不怎么美，我便大胆地盯着她的侧脸看。恰似初看稀松平常的大自然只对有心人展现真容，少女那工整的小脸蛋渐渐地焕发出光彩来！我的心脏怦怦直跳，她真是美不可言的人，每一个部件的造设，在我看来都是至善至美的。

她不大自然地转过脖子，跟女伴说了些什么。腔调带些鼻音，尾韵有些模糊，轻轻挠着我的鼓膜。她散漫地挪着步子，抬起左手摸了摸脸颊，仿佛倘若不这么做，便有什么东西会损坏似的。她那纤细而骨节突出的手指，就在我的眼前浮动。指甲尖有些脏，她似乎有咬指甲的恶习，然而，即便是那圆圆的、不甚美观的、毛糙不平整的指甲尖，在我眼里也是那么的楚楚动人。

展馆不大，少女们转了一圈，在窗边的长椅上落座。

房间中央有一张展示高山植物干叶标本的桌子，和长椅隔着一段距离，七八个人围在桌边。那儿光线黯淡，是个不错的藏身之处，我混入那群人，视线越过他们的肩头，落在正对面的少女身上，心里是又喜又怕。少女与同伴说着话，不时朝上方看，眼神扑朔。那乌溜溜的眼眸，美得把她那本属平庸无奇的身姿从周围环境中剥离出来。它们是那么的有力，控制着我躲在人后的视线，逼我低眉顺眼。我怯怯地望着，忽强忽弱、游移不定的冬日阳光照着窗边的长椅，勾勒出一张清秀的脸廓。

我退身于阴影之中，注视这具被阳光烘托出的形象（一种最具个性的类型的美）；我观察着对象，而不被对象发现……没有比这些行为更能体现“精神”和“生命”的极具讽刺性意味的关系了。其一，我和她素无瓜葛；其二，只有“认识”而没有“被认识”。我能做的，只有躲藏起来，怀揣一颗颤抖的心静静地观察——这种迷惘困惑的宿命感让我的脸发僵。

没有办法接近她了吗？不能自自然然、大大方方地交谈上一两句吗？不不不，万万不可能。因为她们的语言和我的语言不同，她们的生活平庸而有声有色……这份让人耻笑的迷妄心情，我至今依然小心维护着。之于我，再也没有比它更能代表我那业已失去的青春的事物了——如果说我曾经拥有过青春的话。

那以后，出于奇妙的偶然，我几次遇见那位少女。我和她生活在一个并不大的城市里，或许谈不上是什么奇遇，然而一切都太不确切，太不可捉摸了。迷雾一般的帐幕，日日催化着我的憧憬，毋庸置疑的，少女的形象，在我的心目中越发神秘了。

与少女的不期而遇，宛如少年时与美丽却不知其名的蝴蝶的邂逅。闪耀着魔法般磷光的琉璃蛱蝶、如精灵般优雅的浅黄斑蝶……我明知它们在那儿，拿着网兜寻访，往往不遇，倒是在另一些场合，它们冷不丁地出现了——比如高不可攀的悬崖顶，或是在我没带网兜随心散步的路上。

每次偶遇少女，她都有变化。天气、衣裳，恐怕还有那天的心情，都让这个包裹着一层光鲜肌肤的生物微妙地变化着。我看她，就仿佛看到了一座山的四季风景，看到了同种昆虫的变异个体。

一个下雪天，她戴了一只很大很大的纱布口罩，更显娇小可爱。呼出的口气遇冷凝结成小水滴，挂在她纤长的睫毛尖。薄薄的雪片落在她那一头慵懒的头发上歇脚，和几根俏皮翘起的头发一起摇啊摇。早春时节，她和朋友沐浴在阳光中，嬉笑打闹，乐不可支，恰似淘气的小动物。入夏，她那一头秀发被微温的南风吹乱，胡乱搭在前额。走路时身体微微前倾的少女，在与我擦肩而过的一瞬，抬头看了我一眼，那双视线朝上、睁得大大的眼睛里闪烁着光芒，和"精神"相去甚远。后来，更替的季节向我逐个展示她身上的各个部位：柔韧的颈项、纤细的胳膊、凝聚着青春活力的腿脚……一如少年时被乘公共汽车的少女的颈项所吸引，我在观察中，动用了各种过去的感知。

可是，我没有试图接近她，更不用说跟她搭话了。可以说是我意识当中那个根深蒂固的"悖论"没有让我采取行动，又或许是我内心深处的什么人物阻止了我。君不见，昔日那几个令我心驰神往的"美"，在我接近、认识它们的过程中，从我的眼里消失了吗？

我漫无目的的旅行仍在继续。我究竟在旅途中度过了几个日夜呢?

有一天，我漂泊到京都的魔术师叔叔家。他喝着限量分配的酒，趁着醉意表演起当年的把戏来，巧妙地从拳头中拽出五颜六色的手帕。叔叔的手势、身段一如往昔，熟悉中带着些疏远感。次日我便坐上火车离开了京都，该回学校参加期末考试了。

我在名古屋换乘中央线，候车期间信步走在名古屋的街上。傍晚，该上车了，我来到车站，站内大厅满是旅客和流浪汉，拥挤嘈杂。衣衫不整的少年徘徊在列队候车的乘客周围乞讨食物，又见几个人靠着屋柱，摞在一起酣睡，令我羡慕不已。此时，我想起自己的几桩人情交往，心里烦乱，让我打定主意去办一件从京都到名古屋的列车中一直在考虑的事情——去拜访一位夫人，尽管有些唐突。

可以说，我完全不认识这位夫人。战争末期，气氛是慌乱而沉闷的，一天我从强制劳动的工厂回到伯父家中，正巧在玄关处遇到一位动身要走的客人。就这样，我与她见了最初，也是最后一面。家中正整顿逃难的行李，地面上铺撒着草席粗绳之类的，杂乱不堪，那位一袭上等和服的女士正跨过遍地的杂物，这时她注意到我，向她身后的伯母快速问了几句话。只一眼，我便心潮澎湃了，直觉说：这该不会是妈妈吧？她用温和的眼神瞧着我，说了一两句什么话，我的悸动顿时消解了，取而代之的是被搂在怀里似的安定平和。我不记得交谈的内容，大概只说了些记不住的闲话吧。之后夫人向我和伯母告辞，从此没有再见面。事后我偶然了解到，她在国外生活期间与我的双亲相交甚笃。

在魔术师叔叔那里，我又听说了有关那位夫人的情况，早先与之见面的情景倏然复现。叔叔说她的丈夫大多数时间待在国外，家父初访欧洲时与他相识，成为至交，还说夫人很想见我一面，留下地址以便通信。

我乘上了与归途不同的火车，大概也就五六站路。我运气好，找到了空座，心情却久久不能平静。

* * *

……餐后的倦怠感涨满餐厅的空间。贪嘴的我胡喝海塞，喝不惯的威士忌酒劲一上来，我便头昏脑涨，有些迷糊了。

我靠在椅背上，物象投射在眼中，轮廓不清。我尝试着思考。房间是西式的装潢，难以被经历过战争的眼睛所接受，然而若干久违的感觉却真真切切地复苏了。万宝橱上的象牙雕刻、马约里卡陶壶，墙上的哥白林挂毯——绣在上面的斯芬克斯像、金字塔、驼队……

餐桌上还没有收拾。夫人用心烹制了当时可称得上是珍馐的大餐，我吃完一碟又一碟。夫人的女儿——一个十二三岁的可爱小姑娘忍不住笑出声来。夫人微微笑着说：

“真像变戏法。”

话的尾韵渐弱渐模糊，溶化在空气中。夫人数落了笑话我的女儿，又半开玩笑似的批评了女儿的贪吃嘴馋。女孩用两只小手捂住脸蛋小声咕哝了些什么。我一时间没明白过来，后来才逐渐明白，大概是德语的“别说了”。声音是如此的轻小，以至于我无法区别是她说的，还是空气自行发出的声响。

“这孩子，还说以前的话呢。”

这个在异国成长的少女装出毫不在乎的样子，把脸撇向一边。这态度让她的天真无邪翻了倍，我仿佛看到了长大了的姐姐的模样——纤巧而脆弱，宛如精雕细琢的偶人。桌子上摆着的塞弗尔瓷器、贴着黑色标签的四方形洋酒瓶，这些什物以前家中也是有的。我熟悉当下空气中荡漾的异国风情，那正是我母亲的气味。我抬眼，目光交替停留在与母亲同属一类人的两位女性身上，心仿佛被刺了一下，又酸又痒。当少女小心翼翼地把唱片搁在老旧的留声机上时，这感觉强烈得让我禁不住低了头——熟悉的长笛声流入耳鼓。她不会是有意的吧？

“你喜欢吗？”

最后的音符弥漫开，消逝了，唱片仍转动不止，发出吱吱呀呀的声音。这时夫人问了我，我点了点头。

“你还记得吧？”夫人漫不经心地说，像是在自言自语，“你母亲最喜欢这支曲子了。”

醉醺醺的我，回忆起了富丽堂皇的西式房间、谈笑风生的宾客、酒杯碰撞的声音、孤零零坐在角落的我。母亲是酒会的核心人物，她弯腰俯身，转动着唱机的把手……这么说来，那时的音乐就是这支曲子？难怪如此吸引我。我闭上眼，一幕幕往昔如走马灯似的掠过我的脑海。只有母亲的脸，仍旧是空白。

过了一会儿，少女睡觉的时间到了，夫人把她送到房门口。小姑娘回眸一笑，笑脸饱含睡意，轻轻地抱了抱母亲，而母亲吻了吻女儿美得不真实的秀发……一切俨然是从前，已经不存在的母亲和姐姐就在这里，就在我的眼前，展示着她们优雅的生命。

少女的脚步声渐渐远去，时间被一段倦怠却蜇人的沉默占据着。

“你该不会故意弄破帽子的吧？”

夫人找了个话茬。她抬眼望我挂在墙上的白线帽。我一本正经地回答：我们的脑子已经够古怪的了，至少帽子要搞得像样点。与此同时，我不禁想起以前跟医专生不着边际的对话。夫人就我高中生活的方方面面问了很多问题，得知她眼前的这位对于宿舍生活、“青春风暴”以及诸多年轻人的生活方式并无涉猎，期待落了空，也不掩饰她的惊讶，又问我：

“那你究竟干些什么呢？”

“我嘛……嗯，爬爬山什么的。”

“读好多书吧？”

“我？嗯，看了好多写火星人的书。”

我很快为说出口的话感到后悔。她比我想象的要衰老很多，缺乏打理的头发黯淡无光，脸颊也颇有些憔悴，却衬出她那双大胆的眼睛，使之更显温柔和煦。

“能给我说说那边的事情吗？”我的话题有些唐突。

“那边的……”夫人重复了我的话，不解地看了看我，“你……”

“我想知道。”我急匆匆地接上夫人的话，“我也长大了。”

我迫不及待，只怕不开口问便会错失这个难得的机会。我把什么都说了，我所知道的事、回忆起来的事。话音刚落，黑夜沉重的空气便乘虚而入，我便不再说话了，感觉疲劳轻柔地压在额头上。

“真可怜……”

夫人似乎受了触动，不小心脱口而出，紧接着补了一句：

“难得你记得这么清楚。以前你就那么点儿大……”

“其实我也忘记了。上中学的一天，我有意走过那儿，也没认出来哪儿是我的家，一点头绪都没有。后来走过那边的墓地，就回想起以前了。”

“后来呢？”

“来到信州后，我就一点点想起以前的事情来了。去年夏末我回了东京，咬咬牙又去了一次。感觉挺难为情的，有些期待，又有点怕。到了那儿，发现全是烧剩的废墟，连窝棚都没搭。我没辙了，只好去了墓地。只有墓地没变，记忆犹新。我在墓碑和篱笆间徘徊了好久，感觉对这儿了如指掌，好像又有些陌生，反正感觉怪怪的，觉得自己是不是在做梦呀。后来我来到一棵老楠树下，树干特别粗，四个孩子手牵手才能抱得过来，树干上面爬满了骨碎补。我触摸树干，闭上眼睛，眼前浮现出小时候嬉耍的墓地迷宫来，接着睁开眼，眼前看到的，跟小时候不是一模一样的吗？就这样，我把眼睛一睁一闭，自娱自乐一阵。最后我来到墓地和空地的边界，躺在草丛里。对了，您知道博落回草吗？折断草茎，就有碘酒一样的黄颜色汁水冒出来，那儿就长着这种草。花蚊子也有好多呢。弯了弯腰，那种熟悉的气味说来就来了，我‘啊’叫出声来。就在植物的气味流进我身体的一刹那，我想起好多家里的情形，玄关的样子、客厅的摆设、黑乎乎的楼梯，一口气想起来好多事物……我起身看了看刚才垂挂在脑门上的草，叫一年蓬。空地上长满了这种草，我记得是这样。”

有东西撞上了玻璃窗。我和夫人同时抬起头来循声望去。体型很大的水蓝色天蚕蛾小幅扑扇着翅膀，要进房间来。

“那是什么呀？”夫人说道。

“绿尾大蚕蛾。”

“绿尾大蚕蛾？”夫人重复了我的话，“古里古怪的事情懂的真不少，和你父亲像极了。”

含糊低小的话音散去后，我清晰地感受到夜已经深了。

“我给你看……”短暂的沉默之后，夫人支支吾吾地开了口，“我给你看相片吧。”

我把一本封面已经磨损的老相册（我甚至闻到了它发出的霉味）拿在手里，心脏震颤不已。颤抖的手翻开厚厚的封面，泛黄带灰的异国风情映入眼帘：尖顶房屋排列两侧的狭窄小路，哥特式尖嘴喷泉屹立的广场，以修道院为背景的黯淡肃杀的大河。一旁的夫人告诉我，这是冬季维也纳的莱茵河。

“这边的是？”

“德国北部的吕贝克，我们在那儿待了半个月。”

一股温和的感动扩散开来，感觉浑身暖洋洋的；一如早年翻开彩色昆虫图鉴，在其中找到难以忘怀的蝴蝶的图片时。我沉浸在自己的世界里，恍恍惚惚地说了几句。夫人随声附和道：

“是的，汉莎同盟的城市大多是这种风格。”

“有没有一所叫布登勃洛克之家的宅子？”

“我想想……好像是在繁华大街旁边的老房子。”

“没被炸掉吧？”

“这就不太清楚了。前几天有人从那儿回来了，听说空袭不厉害，炸弹只丢在市中心了……你为什么问这个呢？”

我刚要开口，又把话咽了下去，翻起相册来。

“认出来了吗？这是你母亲呀。”

照片的背景是一座城堡模样的建筑物，一个消瘦的少女站在它前面，低低地戴着贝雷帽，眯着眼睛，仿佛光线刺眼。我像是在看一件不可思议的东西，明知这是母亲的形象，却由此联想到了姐姐、夫人的女儿以及那位让我的心隐约作痛的不知名少女。

“那地方叫霍恩堡，是风景名胜。你母亲一直待在巴特特尔茨，说那儿印象最深呢。这相片是她后来给我的，我那时在日本。一直到后来，我和你父亲在这里碰了面。没错，后来拍的照片全都烧掉了……有好多你父亲母亲的照片呢。”

夫人回忆往事，娓娓道来。我专心倾听，无意再探询追问，只将夫人的叙述牢牢地锁在心里。

时间过去很久，临末，夫人拿我开了一个玩笑，像是给我打气提劲。

“你不喜欢念书吗？”

“……”

“我挺纳闷的，不明白你父亲究竟是喜欢吃苦呢，还是个懒人。我觉得他就像是在拼命偷懒一样。”

“拼命偷懒？”

“他去了美术馆，把雨衣铺好，就地坐下，盯着什么看一会儿，又闭上眼睛，一会儿在本子上写些什么。我们总不能跟着他这样吧，就自己去转了一圈。回来之后看见他还是沉浸在自己的世界里。后来他一下子晃过神来了，满脸的沮丧，心情不好了，也不看其他画了，自己跑了出去，就好像干了什么坏事开溜了。笑得我们呀……”

我也笑了，觉得自己理解了我懂事前便已经离开人世的父亲，洞悉他心灵的每一个角落。

早已过了夜半，窗外的访客也歇了翅膀，安静了。

“晚安。”夫人说道。

“晚安。”我回应之。

曾几何时，我似乎也跟某人进行过这样几乎无意义的交谈，就像梦中的对话。

那一夜，我无法入眠，反刍着白天遇到的事情和自己的心路历程，它们全都对我的心产生了切实的作用，相比这两年大山对我的低语，它们别具意味。特别是我白天随心作的那幅画和夫人女儿对此的评论浮上心头。那时，我无所事事，拿起粉彩笔和画纸画起来。夫人在厨房准备晚饭，陌生的房间内只有钟走时的声音。线条和颜色胡乱拼凑组合，我这才发觉自己正描画着某个难以忘怀，但无法清晰回忆起来的形象。我画了一个白色的模糊物体，背景是暗色的，收纳一切色彩的、厚重致密的、如活物一般的暗色……背后传来动静，我回过头去。是放学刚到家的少女，她手里提着书包，歪着脑袋，盯着我的画看。她一点儿也不怕生，生机勃勃的神情让我不禁用了和善的口吻：

“知道我画的什么吗？”

少女点头，一字一顿地答道：

“幽……灵……”

我我非常吃惊，乃至引发了意味深长的错觉。我说：

“你怎么知道这是幽灵呢？”

她乐不可支，面对初次见面的客人丝毫不拘束。

“梦里见过。”

“怕吗？”

“不怕。妈妈告诉我不可怕的。”

“你梦见的幽灵是什么呢？长什么样？”

“不知道，”少女说，又补上一句，“世界上没有幽灵的，人的头脑里才有。”

“……”

“妈妈说的，幽灵只住在可怜人的脑袋里，她又说你是可怜人。”

她又笑了，仿佛有人在挠她痒痒似的。

“我也会梦见幽灵的。”

“是吗？”

少女瞪大了她那双圆溜溜的眼睛看着我。虹膜泛着蓝色调，眼神流露出同情。

睡意渐浓，我迷迷糊糊地想起方才看到的异国风景照和相片中还是妙龄少女的母亲。尖顶屋夹道的石子小路浮现在脑海，感觉一点也不陌生。我确信在当时，父亲拖着沉重的步子，微微驼着背走在这条小路上，与美丽无知的少女，也就是我的母亲，相遇了……

我总算坠入浅薄的睡眠。梦乡恬静安舒，带着几分歉疚，伴我度过了一整夜。最后，那熟悉的白色朦胧形象出现了，我醒过来，看到的是别人的家、别人的床和微微发白的夜色，时间已近拂晓了。

* * *

那年夏末，我偶遇了一幕绝佳的风景。

人在一生中，会有一两次像是命运本身的体验。我能看见那一幕“自然”，想必是我的血液中本来就包含着这种体验吧。

我认识许多种雾。

拂晓时分低沉在山谷底部的雾，黄昏时分高原上弥漫开的、不知源自何处的雾，缠绕在铁杉树梢和松萝上、凝结出水滴的雾，因晨光驱逐而散逝的峡谷之雾……不一而足。有时，雾飘过微枯的原野，触碰着等待寒霜降临的杂草的每一片叶，发出极细微的摩擦声。有时，山岭的小路上浓雾弥漫，每走一步，都能遇见从雾帐中现身的树木枝干，恰似从忘却的帐幕中贸然探出头来的回忆。

但那时出现在我面前的并非上述的几种雾，而是更为可怕的、高山特有的浓雾。

那雾堪比厚实的围墙，将我包围。它是活的，川流不息。头顶是雾，周身也是雾，脚下是坚硬的铅灰色岩石，也有红褐色的岩石。雾就在岩缝间迅捷流动，宛如活物。岩石坚定而沉默，不为所动。

我累了。人疲劳了，自然会意识到自己的肉身，累到精疲力竭，那就连肉身也暧昧模糊了。脚踩岩石，像是踩在了云朵上，软绵绵的发虚。莫非我是在做梦？深沉的梦中，我走在雾帐里……这时一阵疾风刮来，拂散浓雾，激醒了昏昏沉沉的我。伫立山石上回首眺望——远方的高处，姿容奇特的大岩峰高耸入云，从山顶直至山谷，尽是巨大岩块的堆叠。何等怪奇，何等激越，好一个被岩石统治的别样天地！

昂首望天，白雾再次来袭，顶天立地的大岩峰眨眼间被消抹去，一晃，又如变戏法一般地再次现身。目光所及之处——岩石，岩石，到处是岩石。无数的岩石覆盖了宽广的山坡，相互堆叠，相互扶持，齐齐保持着沉默。我听到了岩石间那可怕的寂静，这个世界该不会忘了声音的存在吧？在这个死的世界，在这个寒岩冷雾的特殊空间中，只有我心跳的声音。

浓雾又来了，让人联想到月球表面的岩石的“洪流”，眼看着被蒙蔽了。彼处的岩峰已然模糊，进而消失，此地的岩石还能看见，片刻后也消失了。流动不止的灰色“墙壁”已经把我裹得严严实实，我不能再磨蹭了，几步并作一步走在卵石遍布的下坡路上，重重滑了一跤，伤了腰。

还没到雪溪吗？差不多该到了吧？现在究竟几点呢？傍晚了。不，应该到晚上了。刚才不是看到了吗？就在枪岳的山顶，只剩一轮白色轮廓的太阳，没入远方高山上连绵成片的浓雾中……我机械般地走下陡坡，脑子里一直在想这件事，途中趔趄不断，我顺势坐在在石头上，感觉被不可思议的恐惧感紧紧裹住。

我果然是做梦，这儿是月球表面，至于活物，只剩下我。很快，这个“我”也将累倒，失去体温。失去体温？开什么玩笑！我必须拾掇起理性，跟自己说明当下的状况。这儿哪里是什么地狱，黑魆魆的岩峰是北阿尔卑斯的枪岳，这片尽是岩石的地方是枪泽的山坡，一切对于我来说再熟悉不过了，与深邃的黑部峡谷的相比，简直就是公园一般的场所。我确实累了，因为从早晨起就没吃什么东西，但不管怎么说，我总算是抵达枪岳了。遇难？让人笑破肚皮的想法。没错，前天差点遇了难，可是困难最终都克服了呀。我现在既非寻找睡觉的场所，也不是迷失了方向，我现在要取一些雪来，在枪岳山肩的小屋里做饭吃。

进山是四天前的事情了。最初是轻松惬意的独行，寂寞的横切路上未遇登山客。第二天，我搞错了路线，迷走于山林中，被雨淋透了。不过还好，我在傍晚时分到达山间小屋，里面没人。战争刚结束，所以短暂的登山期过后，小屋停业，连卧具也搬下山去。我冻得浑身发抖，过了一夜。次日大雨滂沱，我发了烧，连动一动身体都苦不堪言。在与人间隔绝的山脊上，我啜食着稀粥（考虑到粮食不足，只做了稀的），又度过了冰冷、漆黑、心慌慌的一夜。天亮之后，我终于艰难跋涉至以前曾经路过的西镰山脊。

身体像灌了铅似的沉重，一屁股坐在偃松的根上歇脚，就再也不想走了。幻觉出现了——我真真切切地看见了那难以忘怀的面容和闪亮清朗的眼眸，细长脸的半边似有些忧郁，另半边则微微笑着。幻觉中，不知名少女那略微走了样、自然大方同时又捉摸不透的微笑，我曾在现实中目睹一次，仅此一回。

事情是这样的。我肩扛沉甸甸的行囊去山地旅行，正在火车站的月台上候车，只见那少女从停靠月台的火车车窗探出头来。几个人围聚在窗边，身穿和服貌似其父的男子把一个大行李箱递进窗去。一瞬间，我便明白了眼前所见的情形——少女即将离开此地，到一个遥远的地方去，这大半年出现在现实世界的梦中形象，又将从我的视线中消失了。这是注定要发生的事情，这么说吧，我从一开始就预想到了今天的别离。我定睛注视着那位与自己无半点瓜葛的少女那开心的模样。她抬起细细柔柔的胳膊，撩起懒懒地搭在额头的茶褐色头发，和送行的人说说笑笑，不经意间把视线朝向我这边。她似乎对我这个偶遇数次的高中生有些印象，一时间，那张再熟悉不过的脸定住了，像是对着我微笑……站在月台一隅的我犹豫着，是应该像当年目送卡车载着少女离开工厂时一样，目送她的列车远去呢？还是抓紧时间去别的月台赶自己的火车呢？终于，我决定了。其实，是我的脚擅自走动起来，将我带往阶梯。我把沉重的背包往上掂一掂，以此掩饰乱如麻的内心……我行走在幽寂的山路上，心中一直追寻着那求之而不得的形象。中途的迷路遇险或许与之有关。

我总算是跋涉到枪岳山肩的小屋了。小屋已经停业，更糟糕的是没有水。我筋疲力尽，仍然咬紧牙关攀爬在冰冷的灰色岩石上，在与黄昏同时降临的大雾间穿行，在眼底下的枪泽山谷中寻找离我最近的雪溪。当年的残雪格外丰盛，从小屋步行十来分钟，我找到一条尚未融尽的雪溪，又细又长，反射着光。“去那儿取雪做饭吧，填饱肚子要紧。”我赶紧顺着冻手的铁锁链滑下巨大的岩峰，在小屋里找到空罐，开始沿着岩石遍布的陡坡往下走……

从走出小屋到现在过了多久？感觉过了二十分钟、三十分钟，不，有一个小时了吧。手表在前天就坏了。我不安地看了看四周，疾行的浓雾就如墙壁一般，把握不清它的动向。早已入夜。巨大无边的“夜”，已经把这片荒凉的世界盖了个严实。我隐约感觉到，来路不明的麻痹感正夺去手脚的自由，自己又要被诱入冰冷幽深的梦中去了。

……缓过神来的时候，我发觉自己正蹲在一块扁平的大石头上，眼前是一片脏乎乎的雪溪。

雾依然封锁着上下左右，但有些凝滞，静静地浮动着。我怎么会在这儿？为什么雾把我包围，雪溪发出黯淡的寒光？我一时间不太明白了。我小心翼翼地爬到雪溪上，寒气——难以言说的大地寒气压迫着我，使我渐渐清醒。我慢悠悠地从背包中取出空罐，用手和饭盒的盖子刨雪。雪非常硬，表面结着石头一般的坚冰。刮去脏乎乎的表层，下面纯白的大颗粒结晶便露了出来。指尖起初疼得像是要断了，不久便失去了知觉。

当时的我或许是半梦半醒的。刮取的雪粉白得刺眼，我心满意足地把它们一点点收进空罐。类似的行当，我在很久以前也做过。那是在空地的角落，一座崩塌朽坏的砖房边上，姐姐和我捡来灰白色的石块，相互刮擦，不一会便积起一小撮石末，盛在草叶上，说声“请慢用”，递给对方吃。如今身边看不见蹲着专心磨石的姐姐身影，也听不见她那被人挠了痒痒似的脆亮笑声，我甚至觉得不可思议：“姐姐怎么可能不在了呢？”

时间仿佛过去了好久。空罐已经六分满，我就像梦游病患者一般背上它，踏上来时的路。眼前的岩石已经看不清楚了，雾比刚才还浓，遮蔽了视野。

去哪里？当然是回小屋。我踩住岩石的一角，竭尽全力保持平衡不摔倒，爬一步喘口气。眼睛睁得再大，看到的只是雾和夜，耳朵听得再细，听到的只有自己的动静。我慢吞吞地运动着手和脚，要爬陡坡，必须用上手才行。自己正朝着哪个方向前进呢？确实是在往上攀登吗？我连这都无法确定。神志越来越恍惚，曾几何时，曾在何地，我有类似的经历……想起来了，是那片墓地当中的“迷宫”！这边，高高的墓碑赫然压迫在我的头顶，身旁，塔形木牌的群落完全遮蔽了我的视界。环顾四周，所有的坟墓、任何一条小路，都是陌生的。眼前，一群墓碑挤挤挨挨，冷漠的面孔齐齐朝向我，冷眼看着我，挡住我的去路。四周的树丛和坟墓中，“夜”默默地抬起头，贴着地面爬过来……

从刚才起，我就觉得有一个白蒙蒙的形态漂浮在眼前的路上，在致密的暗雾之中凝固成形，又渐渐离我远去，像在招引我似的。我不知不觉地追随它去了。通体疲劳的我辨不清那是梦还是其他。类似睡意的感觉时时袭来，眼中的世界变得懒洋洋的，衣领口的皮肤，仿佛感受到了熟悉的“死”的触摸，冰冰凉的。

古老梦境的深处，埋没的记忆里，停滞的时间中，我蹲下身子，死命扒住岩石，睁大眼盯住眼前的白色模糊形象——是她，果然是她，我怎么也也回忆不起来的那张脸。

她就站在我对面的稍高处，被黑暗占据的楼梯上端，通体泛白。而她那垂肩的头发、乌黑异常的眼眸，甚至她脸上的表情，却都清晰可见。她露出捉摸不透的郁郁微笑，一只手上下缓缓地摆了两三下，仿佛已经洞察了一切。纤细的手指意味深长地游过黑暗。

我拼命要发出声音，终于，我听到了自己轻轻说了一声：

“妈妈。”

我倒下了。

几个小时过去，遍布全身的麻木逐渐消解，混沌的头脑变得像冰一般清透冷静。

“时间”又上了轨道，漫不经心地从我身上流逝。疲劳感、遍及全身的酸痛、寒冷，全都回来了。我站起身，这才发现自己刚才趴着的岩石前方是不见底的山崖，心中一惊，清醒了，转身朝后看了看，又抬头望了望天空。

起初，我简直不敢相信自己的眼睛——要去相信眼前所见，不是一件容易的事情。海拔一万尺的高山顶，演绎着一幕与刚才情状迥异的奇景，几乎在我心中营造出神秘的畏惧感。

刚才还打着漩涡、声势浩大的浓雾，现在上哪儿去了？雾海低低下沉，黑魆魆的群峰兀自突起恰似海岛，头顶的夜空竟无一丝云带，繁星满天。云霭从枪泽的山坡缓缓流落，上方升起一轮皎皎明月，它给我的印象，仿佛是一颗令人生畏的陌生星球。回过头去，右手边的远方，大枪岳雄踞于彼，在墨蓝色的夜空中抠出一块形态奇特的剪影。月光在苍穹下不计其数的岩石上流淌，把它们打扮得千姿百态。

在这短暂的时间里，上演了怎样的魔术呢？

我茫然地靠在一旁的岩石上，扫视遍布天幕的星座，妩媚的美摄人魂魄。天顶是我们熟悉的天琴座的织女星和天鹰座的牛郎星，隔着银河遥遥相望；偏东方向，那颗青光闪闪的应该是一等星天津四；再往东，勾画出W形的，是美艳绝伦的埃塞俄比亚王后卡西奥佩娅——仙后座，而她的女儿安德罗墨达——仙女座正挪上天顶；眼望西空，微光点点的后发座星群正往下沉；发出红黄色光芒的大概是牧夫座的大角星；南边天空，蝎子座呈现扭曲的形态，当中鲜红的心宿二媚若仙妖。而那凝缩着宇宙之崇高的银河，俨然是受朱庇特召集的众神匆匆登天的行迹。

不可救药的恍惚和酩酊感包裹着我。

我的脸色大概是苍白的吧，我的眼睛一眨不眨，缓缓转动脖子，沉醉于眼前的大景观。我感到自己生活在神话世界里，“凡间”的概念早已泯灭。

我幻想着最朴素、最根本性的古老传说之一：创世。最初只有“混沌”，也就是方才浓雾流动的状态，“混沌”生出了“大地”和“夜”，“夜”的卵里孵出了“爱”，这三样东西便是世上最初的存在物……当下，岩石累累，铅色的大地缄默，吸摄万物的“夜”披在上面。黑魆魆的山峰从低沉的云海探出来，那是穗高的尖顶，呈三角形的是常念岳的山顶。然而它们在我眼里，俨然是奥林匹斯神山。在那里，众神接受青春女神赫柏的斟酒，纷纷举起神酒之杯。阿波罗撩拨起打着卷的头发，拨响了竖琴，缪斯女神和着琴声柔柔地唱起来了……忽然，这时响起了落石声。大枪山顶的附近响起两三次尖锐的金属撞击声，更烘托出当下的寂静。悄无声息中，仿佛听到了隐隐的回声。我想象那回声的主人，是那住在山洞中悬崖边的宁芙女神，人若不与之搭话，她们不得开口，人若与之搭话，便即刻回应。

月光照耀着肃杀的风景。我沐浴着月之女神的寒光，静坐着空想，像一座石像，头微微左偏，身体因为心中稚拙的念头而微微发抖：就是在这一刻，有什么东西要出世了，“夜”的卵壳上，正悄悄地出现裂痕。是的，神话上演了。就在刚才，我无意识地想起了令人陶醉的光辉，那双唤起我心中羞耻感的眼眸，还有那头发、那颈项、那姿态……它们没来由地在我的眼前闪现，无可回避。我甚至有这样的感觉：彼处高耸的岩石后面，躲藏着那永不会长大的可爱小神、射出爱恋之箭的维纳斯之子，他正偷偷地笑呢，因为他射中了我……又有落石声，这次的颇为响亮，吓得我脊背发凉。余音绵绵，终归静寂。

我收拾回一些理性，扛起沉重的背包，借着月光行走于层岩累石之间，朝山间小屋走去。

那一晚，我身居伸手不见五指的山间小屋烤火，冻得睡不着，几乎整晚都盯着泥地上摇曳的火光。

我累坏了，而且陶醉了。然而随着时间一分一秒流逝，一种清净透彻的觉醒感在我的体内平静而坚定地扩散开来，遍及全身。当年我初来乍到，登上了王鼻山顶，体验过孤独，而眼下我的孤独感与彼时的有所不同，它较前者更为尖锐，却是干爽透净、平和安定的。

我每次走出小屋外，眼见北阿尔卑斯山顶广漠的夜景越发美丽，极尽庄严。黑色的层峦叠嶂上存在恒久的静止。夜空中，星座缓慢而肃穆地依律运行，一丝不乱。每一颗星都守着自己的位置，静静地发光，闪耀着，颤动着。有时可见流星划过天际。接着，一种只在高山的深夜才会发生的神秘现象出现了。被寒气冻僵的我，从周身可怕的静寂当中，听到一声低语，一种不知出处的山神的呼喊。这也许是一种异常古老的（那时人和自然是一体的）、已经被人类所忘却的语言……就在这时，空中的电荷与地面的电荷相呼应，从深深的山谷间蹿出一道曲折的电光，冲向云层的间隙。刹那间，云海被点亮了，山峦被照亮了，满天的星屑因此黯淡了。

但这一切都离我太遥远，如此高洁，跟我毫不相干。望着眼前的自然，一种感触不由分说地沁入心灵：人，与它们相去甚远，排除在它们之外，几乎是处于一种深深的病态之中。星光闪烁，岩石沉睡，云海积淀于山谷间，寒气透衣。这时，一种意志在我的内部酝酿，逐渐成形：等天亮了，尽快下山去，回到人们居住的凡间去。只有这样做，我至今感受到的、头脑中思考的种种散发着乳臭的观念将各自得到明确的定位，融会贯通。

夜空开始微微地变化，月亮早已躲藏起来，星光也稀薄了，漆黑的天空带上了一抹光亮。在经历漫长熬人的等待之后，我终于迎来了此前体验过数次的庄严的山顶日出。太阳升起，低沉于山谷间的雾气随之蒸腾，扑打在我的脸上，潮乎乎的。带有矿物质气息的清冷大气浩浩荡荡。

不久，我动身离开小屋。山谷浓雾的缝隙间透过几缕阳光，清晰地勾勒出岩石群的轮廓，将残雪的表面修饰得透亮晶莹。我踩踏着岩石，回避着岩石，一步一步朝凡间走去。虽然已过了盛花期，一路上看到越来越多的高山植物绽放出花朵。醒目的山眼蝶悠悠飞舞，与快步下山的我擦肩而过。

我的心被一个念想牢牢占据了：回到人群中去吧。说不定在某时某地，我会邂逅那位并非某个特定人物的少女——如母亲少女时代的身姿、姐姐长大后的模样，就像我的父亲在遥远的异国他乡遇见我的母亲一样。或许只有这样，我才能真正了解从生命之初就包藏于我体内的东西吧。

这必然是愚昧却神圣的错觉。

很快，眼前的小路已经在偃松和群花之间穿行。白山老鹳草集结成的粉色群落，还有几只能活到夏末的高山蝴蝶，包围了我这个衣衫褴褛貌似乞丐的行者。我的耳边，传来自己的喘息声和鞋子踩踏岩角时的声响。那是来自大山的声音，来自古老大地的声音，在我听来，它正是命运本身。

假如命运就存在于我们的血液当中，那么大自然母亲发出那般声响，又有什么好奇怪的呢？

译后记

《幽灵》是北杜夫初期作品的集大成之作，也是北杜夫文学的根基。北杜夫在23岁时开始创作，26岁完稿，在文艺同人杂志《文艺首都》上连载，后自费出版。

这是一部“心灵的神话”，脱胎于“忘却”的故事。小说的主人公“我”是一位就读于日本旧制高中、“少年时代就要结束”的学生。第一章中，他自揭谜底，讲述探索发掘自我意识深层的成果，即深深埋藏的童年记忆。第二章中，主人公立足“现在”的时间点上，怀抱“我来自哪里”之大问，回顾尚且记得的少年时代。第三章和第四章中，主人公借由种种机缘（如梦境、音乐、自然风光等），逐步唤醒童年记忆，探明自我。

回想2003年，我在上海外国语大学求学，日本外教大西老师当红娘，我与北杜夫结缘。其作品有温暖的想象，有清洌的诗情，有不可思议的幽默感，读起来莫名地喜欢。随着研读的深入，他的文学世界和我的世界发生交叠，我所想象的北杜夫形象，也投射在我的言行举止上。我甚至一度觉得被北杜夫“附体”，实打实的真爱粉。

我对北杜夫文学的感情是用翻译来表达的。仿佛只有通过这种方式，才能真正享受他的文学。《幽灵》翻译于 2007 年。那时我刚参加工作，没有成家，身心还算洒脱自由，岁数与北杜夫写完《幽灵》时一般大。青春尚未走远的，有比较强烈的“know myself”的精神需求，所以译前通读全文时，不自觉地就被吸引进去，或化身为小说主人公本人，或采用“上帝视角”，打开内心的全部感官，全盘领受主人公的所见所闻所思所梦。当我感觉自己就是那个“我”的时候，便动笔翻译了。

李可染有云，绘画要以最大的功力打进去，再以最大的勇气打出来。我认为这个门道同样适用于翻译，“打进去”即理解，译者需击穿文面，尽全力捉拿作品的灵魂，“打出来”即表达，译者需奋勇挣脱原文的桎梏，带着作品的灵魂返回来。单就《幽灵》

的翻译而言，“打进去”的过程不难，毕竟我是被“吸进去”的，五感的仿拟，思绪的谐振，自以为是到位的。“打出来”就没那么容易了。《幽灵》译稿窖藏至今十二年，期间大修三次，第二次直接砍掉五千多字的冗词赘句，没有点勇气还真下不了手。身为“真爱粉”，我把自己的成长反映在了译稿上。

在此，我要感谢浙江文艺出版社的李灿，谢谢她对北杜夫的偏爱和对我的信任。感谢我自己，为北杜夫所著《牧神的午后》（上海文艺出版社，2014）写了一篇不错的译后记，是它助我结缘李灿。感谢命运安排。

自《牧神的午后》面世后，拙译《曼波鱼大夫航海记》（人民文学出版社，2017）与《我的叔叔》（人民文学出版社，2017）陆续出版，今次又承蒙浙江文艺出版社垂爱，得以将《幽灵》献给各位，三生有幸。

北杜夫的文学世界很精彩，很有趣，独乐乐不如众乐乐，希望将来能够继续与各位分享。祝各位健康，幸福。

曹　艺

二〇一九年六月二十八日

图书在版编目(CIP)数据

幽灵:一个关于童年和青春的故事/(日)北杜夫著;曹艺译.—杭州:浙江文艺出版社,2021.2
ISBN 978－7－5339－6304－0

Ⅰ.①幽… Ⅱ.①北… ②曹… Ⅲ.①长篇小说—日本—现代 Ⅳ.①I313.45

中国版本图书馆CIP数据核字(2020)第222347号

统　　筹　曹元勇
策划编辑　李　灿
责任编辑　睢静静
责任印制　吴春娟
装帧设计　人马艺术设计·储平

幽灵——一个关于童年和青春的故事
[日]北杜夫　著
曹艺　译

出版发行　浙江文艺出版社
地　　址　杭州市体育场路347号
邮　　编　310006
电　　话　0571－85176953(总编办)
0571－85152727(市场部)
印　　刷　上海中华商务联合印刷有限公司
开　　本　787毫米×1092毫米　1/32
字　　数　110千字
印　　张　7.125
插　　页　6
版　　次　2021年2月第1版
印　　次　2021年2月第1次印刷
书　　号　ISBN 978－7－5339－6304－0
定　　价　52.00元(精装)